KB079358

빵야

빵야
TRIGGER

김은성 희곡
최정우 그림

"내가 이야기 하나를 힘들게 쓰면
힘든 사람 하나가 잠시 쉬게 될지도 몰라요"

〈빵야〉는 2023년 1월 31일~2월 26일 LG아트센터 서울,
유플러스 스테이지에서 공연예술창작산실 '올해의 신작'으로 초연되었다.

초연 창작진 및 출연 배우는 다음과 같다.

작가	김은성
연출	김태형
음악감독	민찬홍
음향	임서진
안무	이현정
무대	조수현
조명	박성희
의상	윤나래
소품	권민희
분장	장혜진
조연출	김의연
무대감독	이재은
프로듀서	고강민
주관·제작	(주)엠베제트컴퍼니
주최	한국문화예술위원회

캐스트

빵야	하성광·문태유
나나	이진희·정운선
무근 외	오대석
동식 외	이상은
원교 외	김세환
아미 외	김지혜
선녀 외	진초록
설화 외	송영미
길남 외	최정우

차례

등장인물

나나	여. 45세. 드라마 작가.
빵야	남. 79세. 99식 소총.
기무라	남. 장총의 첫 번째 주인. 일본군 조선인 장교.
길남	남. 장총의 두 번째 주인. 일본군 조선인 병사.
선녀	여. 장총의 세 번째 주인. 팔로군 조선인 전사.
무근	남. 장총의 네 번째 주인. 국방경비대 이등병.
신출	남. 장총의 다섯 번째 주인. 서북청년단 단원.
원교	남. 장총의 여섯 번째 주인. 한국군 학도병.
아미	여. 장총의 일곱 번째 주인. 북한군 의용대.
동식	남. 장총의 여덟 번째 주인. 빨치산 토벌대.
설화	여. 장총의 아홉 번째 주인. 소녀 빨치산.

그 외에도 등장하는 인물은 많다. 지문의 예고 없이 '갑자기 치고 빠지는' 인물들의 대사가 속도감 있게 펼쳐져야 할 것이다. 소리나 영상으로 등장할 수도 있을 것이다.

무대 빈 무대. 장면이 많으며 전환이 잦다. 대사와 함께 드러나야 할 사진과 영상이 많다. 스크린이 운용되어야 할 것이다. 객석 방향을 제외한 무대 전체가 스크린에 에워싸이길 바란다. 스크린에 포위된 텅 빈 무대가 되면 좋겠다.

때 현재와 과거를 마음껏 넘나든다.

곳 이곳저곳을 수시로 드나든다.

1

시상식

작가의 꿈

환호와 박수, 열렬하게 들려온다.
트로피를 들고 서 있던 어둠 속의 나나,
스포트라이트를 받는다.
나나, 감격스러운 표정으로 객석을 둘러본다.

나나 노벨문학상.
세상에!
제가 노벨문학상을 받았네요.

나나, 손에 든 트로피를 보며 호흡을 고른다.

나나 〈소나기〉라는 소설이 있어요.
짧고 아름다운 이야기죠.
중학교 1학년 때 〈소나기〉를 처음 읽었던 그 교

실, 그 창문, 그 햇빛.
맨 뒷줄 창가에 앉아 작가가 되고 싶다고 낙서를
쓰던 그 아이가
오늘, 노벨문학상을 받았네요.

애써 눈물을 참는 나나.
환호와 박수.

나나 톨스토이, 카프카, 보르헤스, 고리키도 받지 못
했던 상을,
입센도 체호프도 고배를 마셨던 노벨문학상을,
제가요?

객석을 응시하는 나나, 침을 삼키며

나나 이거 꿈이죠?
친구남 그래, 꿈은 자유니까.

나나, 비시시 웃는다.

친구녀 트로피?
친구남 노벨상 트로피?
친구녀 노벨상은 트로피 대신에

친구남 메달을 주잖아.

나나 그래? 그럼 패스.

난 트로피가 좋아.

혀를 빼꼼 내밀며 뒤돌아선 나나, 레드카펫 위를 걸어간다.

포토라인 앞에 멈춘 나나, 다시 객석을 향해 돌아선다.

"파바바바박!" 사방에서 터지는 카메라 플래시.

트로피를 들고 포즈를 취하는 나나.

나나 베니스와 베를린의 수상 소감은 홀라당 까먹었어요.

칸은 이렇게 시작해요.

베니스와 베를린에 이어 칸에서도 각본상을 받게 됐네요.

친구녀 꿈이 너무 큰 거 아니야?

친구남 멋있어! 대단해!

힘차게 들려오는 팡파르 소리.

사회남 대한민국 드라마대상!

사회녀 영예의 수상자는!

사회남 나나!

나나, 트로피를 번쩍 들어 올린다.
뜨겁게 들려오는 박수와 환호.
객석을 보며 웃던 나나, 진지한 표정을 지으며
검지를 세워 입술 앞에 댄다.

나나 쉿.

의미심장한 얼굴로 객석을 둘러보는 나나, 지그시 눈을 감으며

나나 대학교 1학년 다이어리.
그러니까 25년 전, 그 일기장 맨 앞 장에.

스무 살 나나의 글씨가 자막으로 떠오른다.
나나, 소리 내지 않고 입을 껌벅인다.

자막 *내가 기쁜 이야기를 하나 만들면 세상에 기쁜 일 하나가 생겨나요.*
내가 슬픈 이야기를 하나 만들면 세상에 슬픈 일 하나가 사라져요.

나나, 관객들을 향해 속삭인다.

나나 정말이에요.

나나, 눈을 뜨며 객석을 본다.

친구남 멋있다!
친구녀 한번 만져볼래!
선배남 야! 나도 좀 만져보자!
선배녀 조심해! 그러다 떨어뜨리겠다.

나나, 트로피를 양손으로 조심스럽게 받쳐 든다.
트로피의 주인을 향해 미소 짓는다.

나나 축하해.
트로피 처음 들어봐.
이렇게 무거운 줄 몰랐어.

나나, 트로피를 앞으로 쭈욱 내민다.

나나 축하해!

2

파티

발상의 계기

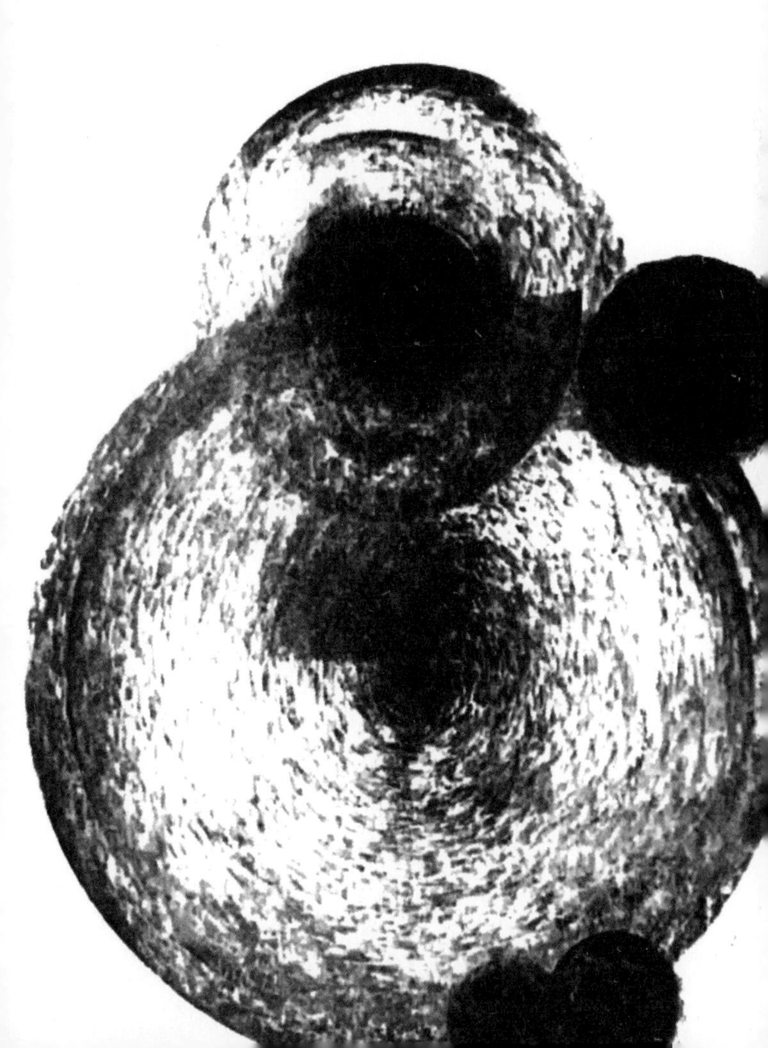

나나　새까만 후배가 엄청나게 큰 상을 받았습니다.
시청률도 대박의 대박을 찍더니 상까지 받아버렸습니다.
파티는 새벽 2시까지 이어지고 있습니다.
한물간 작가가 한물간 감독 앞에 앉아서
한물간 배우가 따라주는 와인을 연신 비우고 있습니다.
공짜니까요.

수상녀　선배님한테 얼마나 많이 배웠는데요?

나나　정말?
상을 받은 후배가 마침내 우리 자리에도 왔습니다.
파티가 끝날 시간이 됐다는 의미죠.

수상녀　서사의 중심 질문.

나나　기억하는구나?

수상녀 그럼요.

나나 극이 시작되면 주인공은 선택을 해야만 하는 상황에 놓인다.

주인공은 이때 어떤 결심을 하게 된다.

이루기 힘든 꿈을 이루기 위해서 결단을 내리고 목표를 세운다.

바로 그게 서사의 중심 질문이야.

수상녀 톰 크루즈는 임파서블한 미션을 파서블하게 썩세스시킬 수 있을 것인가?

나나 그렇지!

수상녀 인디애나 존스는 성배를 찾을 수 있을 것인가?

나나 금자는 복수를 실현할 수 있을 것인가?

수상녀 프로도는 반지를 버릴 수 있을 것인가?

나나 순호는 다시 구두를 만들 수 있을 것인가?

수상녀 순호요? 누구지?

나나 〈옛날 양화점〉 주인. 내 데뷔작.

수상녀 아!

그럼 맛있게 드세요.

나나 2006년 드라마극장 극본공모 장려상.

제작남 〈옛날 양화점〉? 저 그거 봤는데.

단막극이었죠?

나나 요즘 핫한 프로듀서.

제가 아직까지 앉아 있는 이유입니다.

드디어 저에게 말을 걸었습니다.

제작남 얼마 전에 독립해서 회사를 하나 차렸어요.

나나 오랜만에 제작사 대표의 명함을 받습니다.

처음으로 편성된 작품이 〈역전 사람들〉. 4부작 특집이었어요.

아무래도 사람들이 많이 기억하는 작품은 〈은하이모〉. 16부작 미니시리즈.

제작남 몇 년도 작품이죠?

나나 2012년요.

제작남 그게 조선족 이야기였죠?

나나 탈북자 이야기였지만.

그냥 고개를 끄덕입니다.

주정남 그때 우리가 좀 나갔었지.

나나 취하면 긁어대는 주정뱅이 감독.

주정남 다음 작품으로 훅 갔어, 한방에.

나나 그래요, 전설의 드라마.

주정남 이름하야!

나나 〈또또또〉.

주정남 지상파 시청률 0점대의 신화.

나나 그래요, 제가 썼어요.

제작남 요즘엔 무슨 작품 쓰세요?

나나 라는 말은

제작남 5년째 놀고 계시네요?

나나 라는 말입니다.

제작자들의 낚싯바늘은 솔직합니다.

대어 앞의 낚시꾼들은 직설적입니다.

제작남 다음 작품은 무조건 저희하고 하시는 겁니다.

나나 라든가,

제작남 이번 주에 시간이 어떻게 되세요?

나나 가 아니라,

제작남 요즘엔 무슨 작품 쓰세요?

나나 라는 말은

제작남 너 같은 잔챙이는 물지 말고 그냥 지나가렴.

나나 과 같습니다.

그래도 나는 그 탐스러운 미끼를 향해 입을 벌립니다.

제작남 소품 창고요?

나나 네, 소품 창고에서 벌어지는 이야기예요.

제작남 주인공은요?

나나 소품 창고 할아버지요.

창고가 곧 없어지거든요.

제작남 재밌겠네요.

나나 재미없을 것 같다는 표정입니다.

역시나 자리에서 곧 일어납니다.

그래도 명함 하나는 건졌습니다.

주정남 그 작품은 중심 질문이 뭐냐?

네가 좋아하는 서사의 중심 질문!

나나 시동을 건 주정뱅이 감독이 슬슬 출력을 높입니다.

주정남 소품 창고를 지키려는 할아버지의 고군분투?
요즘 누가 보냐, 그런 걸? 하다못해 무슨 살인 사건이라도 나야지?

나나 잠시 살인 충동을 느낍니다.

주정남 그래 가지고 다시 쓸 수 있겠어?

나나 한물간 배우에게 끌려 나가는 한물간 감독이 한물간 작가를 향해 외칩니다.

주정남 200 한 번, 150 한 번, 100 한 번, 다해서 450!
돈 갚아!

나나 오늘의 주인공이 위로를 해줍니다.

수상녀 선배님 이야기는 밤하늘의 별이 똥 싸는 소리예요.
선배님 이야기는 시냇물의 물고기들이 뻐끔거리는 소리예요.
맑고 순수해요.

나나 맑고 순수하다의 서브텍스트는,

수상녀 촌스러워요.

나나 입니다.
갈게! 축하해!

환하게 인사하며 자리에서 일어서는 나나,
무대를 가로질러 더벅더벅 걷다가 벤치에 앉는다.

나나 아! 밤하늘의 별이 똥 싸는 소리.
시냇물의 물고기가 뻐끔거리는 소리.
그런 맑고 순수한 소리가 목구멍을 타고 올라옵니다.

나나, 불쑥 하늘을 올려다본다. 별을 찾다가 고개를 숙인다.

나나 다시 쓸 수 있을까?
파티남1 아까 누구야?
파티녀1 몰라. 작가 같던데.
파티남1 작가였어?
파티남2 있어, 나나라고.
파티녀2 안 봐도 뻔한 작품!
파티남2 틀딱 감성 오짐!
나나 나는 다시 쓸 수 있을까?

우두커니 고개를 숙이고 있던 나나, 갑자기 객석을 향해 고개를 치켜든다.

나나 바로 그때!

총 하나가!

소총 한 자루가,

소품 창고에서 봤던 그 낡은 장총이,

갑자기 눈앞으로 튀어 올랐어요!

무대 뒤편의 어둠 속에서 웅크리고 있던 빵야, 나나를 향해 천천히 일어선다.

경계심 가득한 눈빛으로 한 발 한 발 조심스럽게 나나를 향해 걸어온다.

빵야 (아주 작게) 누구야?

나나, 일어나 천천히 빵야를 돌아본다.

빵야, 걸음을 멈추고 나나를 응시한다.

빵야를 바라보던 나나, 천천히 손을 들어 인사한다.

나나 (작게) 빵야.

빵야 (작게) 누구야?

나나 (작게) 나?

(속삭이듯) 작가.

3

소품 창고

소재의 발견

나나 새까만 후배의 시상식 다음 날,
창고 할아버지에게 전화를 걸었습니다.

소품남 왜 이렇게 뜸해?
잘 안 써져?
술이나 한잔 찌끌러 와.
해남에서 막걸리 올라왔어.

나나 할아버지는 파주에 있는 영화 소품 창고의 주인입니다.

소품남 40년간 모은 게 얼추 40만 개.

나나 할아버지를 알게 된 건 10년 전,

소품남 막걸리가 장난이 아니야.

나나 다큐를 찍던 피디랑 연애를 하던 때였죠.

소품남 이번 편은 영화 소품 창고.

나나 막걸리는 정말 장난이 아니었습니다.

다큐남 촬영이 다 끝난 후에도

나나 연애가 끝난 후에도

소품남 해남에서 막걸리가 올라오는 날이면

나나 한잔 찌끌러 창고로 달려갔습니다.

소품남 오늘의 안주는 문어 숙회에 가리비 라면.

나나 능력 있는 미식가 할아버지가 따라주는 막걸리,

끝내줍니다.

무엇보다도

소품남 김 피디랑은 헤어졌어? 다시 안 만나?

나나 단 한 번도 물어오지 않았습니다.

소품남 외롭지 않아? 결혼 안 해?

나나 이러지 않아 좋습니다.

소품남 그냥 할아버지라고 불러.

나나 조건 없이 따라주는 술은 사람을 감동시킵니다.

소품남 소품 창고에서 무슨 드라마가 나와?

나나 할아버지를 주인공으로 쓰고 싶어요.

소품남 영광이네.

나나 5년 전에 뱉은 말인데,

소품남 천천히 쓰면 되지 뭐.

나나 아직 시작도 못 하고 있습니다.

소품남 소품들 사연?

쭉 한번 둘러봐.

나나 정말 양이 어마어마하네요.

소품남 있는 거 보는 데만 한 달은 걸릴걸?

나나 창고의 소품들을 훑어보고 살펴보던 어느 날,

소품남 총? 무슨 총?

총기 보관실은 저쪽인데?

나나 갈색 영창 피아노 위에 올려놓은 세고비아 기타 케이스 뒤로

기다란 나무 상자가 보였어요.

소품남 어? 진짜 총이네?

나나 상자 속에는 낡은 장총 한 자루가 들어 있었어요.

소품남 무슨 총이지?

목록에도 없는 물건인데?

전쟁 영화에 썼던 애 같은데,

중간에 떠서 잘못 딸려오는 애들이 가끔 있어.

나나 쭈그러질 대로 쭈그러져서 징징 짜대던 어젯밤,

내 앞에 불현듯 다시 나타난 바로 그 장총!

나나, 일어나 나무 상자를 내려다본다.

소품남 뭐? 총은 안 돼!

나나 뭐든 하나 준다고 약속했잖아요?

소품남 걸리면 체포야.

나나 스릴 있네요.

소품남 귀신 들렸어도 난 몰라.

나나 벌써 들렸는지도 몰라요.

소품남 뭐하려고? 누구 쏘려고?

나나 아니요, 쓰려고요!

나나, 천천히 나무 상자의 뚜껑을 연다.
빵야, 장총을 안고 상자 속에 누워 있다.
빵야를 내려다보던 나나, 고무줄을 입에 물며 머리카락을 질끈 동여 묶는다.
나나, 빵야의 가슴 위에 놓여 있던 장총을 든다. 객석을 향해 겨눈다.
나나의 눈빛, 매섭게 빛난다.

나나 빵야!

상자 속의 빵야, 천천히 몸을 세우며 일어난다.
나나의 손에 들려 있는 장총을 보던 빵야, 상자 속을 빠져나와 나나 앞에 선다.
나나, 손을 내밀어 악수를 청한다.

나나 안녕!

나나가 내민 손을 물끄러미 보던 빵야, 나나를 노려본다. 격노한 눈빛, 무섭다.

4

•

99식 장총

취재와 조사

의자에 앉은 채로 잠이 든 빵야의 뒷모습.

장총을 들고 빵야 앞에 서 있던 나나, 총기 전문가가 앉아 있는 책상을 향해 걷는다.

총기남 무게 3.8킬로그램.

나나 길이 112센티미터.

총기남 구경 7.7밀리미터.

나나 유효사거리 500미터.

총기남 최대사거리 3,400미터.

나나 총 8,000발 사격 가능.

총기남 99식 소총입니다.

나나 네? 일본군 총이라고요?

총기남 네, 아리사카 99식 소총.
제2차 세계대전 일본군의 주력 소총입니다.

나나	아리사카는 무슨 뜻이죠?
총기남	사람 이름이에요. 아리사카 대좌. 일본 육군의 소총 개발자.
나나	창고 할아버지에게 총기 전문가를 소개받았어요.
총기남	총기 넘치는!
나나	그의 연구실을 찾았습니다.
총기남	왜 99식이라고 하는지 아세요?
나나	아뇨.
총기남	일본 초대 천황을 기준으로 황기 2599년에 만들어졌거든요.
나나	아, 그래서 99식.
총기남	황기 2599년은
나나	제2차 세계대전이 시작된 1939년.
총기남	성능이 당대 최고였어요. 심플한 구조, 탄탄한 내구성, 무엇보다도 뛰어난 명중률! 수집가들한테 인기가 많은 모델입니다.
나나	네? 아직도 사고팔려요?
총기남	그럼요. 미국 건샵에 심심찮게 올라옵니다. 모르긴 몰라도 한국에도 꽤 숨겨져 있을 걸요? 무기류 단속 기간에 꼭 한두 자루씩 나와요.
나나	1939년에 개발된 총인데요?
총기남	아직도 많이 남았으니까요.

1945년까지 약 300만 정이 생산됐어요.

나나 300만 정요?

3만 정, 30만 정도 아니고,

300만 자루가 세상에 나왔다고요?

총기남 네,

일본군들이 세상 여기저기에 워낙 많이 뿌려놨어요.

나나 총과 무기와 전쟁에 미친 덕후들이 그렇게 많은 줄 몰랐어요.

블로그와 유튜브에는 생각보다 많은 자료와 기대보다 좋은 정보로 넘쳐났어요.

유튜브남 제2차 세계대전부터 베트남전쟁까지!

나나 99식 소총이 사용된 전쟁이

유튜브남 중일전쟁, 태평양전쟁, 인도네시아 독립전쟁, 제1차 인도차이나전쟁, 국공내전!

나나 그리고

유튜브남 한국전쟁!

나나 네? 뭐라고요?

한국전쟁 때도 썼다고요?

유튜브남 그럼요.

일본이 망해서 남기고 간 총을 가지고

우리끼리 싸웠다니까요.

나나 사실이었어요.

유튜브남 1946년 창설된 남조선 국방경비대.

나나 놀라웠어요.

유튜브남 한국군의 모체인 국방경비대의 주력 화기가 99식 소총이었다는 사실.

나나 남쪽도 북쪽도 미국과 소련의 원조가 시작되기 전까지는 일본이 남기고 간 99식 소총을 가지고 군대를 만들었다는 사실.

나나, 장총을 양손으로 받쳐 들고 총열 옆에 찍힌 숫자를 내려다본다.

나나 77020, 이 숫자는 뭔가요?

덕후남 시리얼 넘버요.
7만 7천 번대면 아마 1945년에 생산됐을 거예요.

나나 숫자 옆에 찍힌 이 마크는요?

덕후남 조병창 마크예요.

나나 조병창요?

덕후남 총을 만든 군수 공장요.

나나 99식 소총을 생산한 조병창은 도쿄, 고쿠라, 나고야.

덕후남 중국 선양에도 있었어요.

나나 내가 들고 있는 이 총은

덕후남 인천에서 만들었네요!

이거 인천 조병창 마크예요!

나나 온몸이 떨려왔어요.
그동안 만났던 소재들하고는 비교할 수도 없는
강력한 에너지가 밀려왔어요.

나나, 우두커니 앉아 있는 빵야의 뒷모습을 돌아본다.

나나 너, 진짜 엄청난 애였구나?

나나, 장총을 사선으로 걸쳐 메며 빵야 앞으로 달려간다.

나나 너!
그동안 어디서 뭘 하다가 왔어?
어디서 어떻게 살다가 나한테 왔어?
고마워,
나한테 와줘서.

멍하니 나나를 올려다보는 빵야.
나나, 빵야를 와락 끌어안는다.

나나 도와줄 거지?

나나의 눈빛, 야심차게 빛난다.

의심스러운 눈초리로 나나를 보던 빵야.

빵야 (버럭 큰 소리로) 너, 누구야!

나나, 빵야의 입술에 키스한다.

트리거

시놉시스 작성

나나와 빵야, 장총이 놓인 탁자를 사이에 두고 의자에 앉아 있다.
빵야, 경계심 가득한 눈빛으로 나나를 본다.

나나 안녕,
내 이름은 나나.

빵야 …

나나 본명은 나은나.
작가가 되면서 필명을 나나로 지었어.

빵야 …
나나 1979년 서울에서 태어났어.

빵야 …

나나 너는 1945년 인천에서 태어났던데?

빵야 …

나나 그 후에는 어디서 자랐니? 어떻게 컸니?

빵야 …

나나 궁금해.

빵야, 물끄러미 나나를 볼 뿐, 전혀 말이 없다.

나나, 빵야의 손을 잡는다.

나나 책 읽고 글 쓰는 걸 좋아했어.
소설가가 되고 싶었거든.

빵야 …

나나 국문과나 문창과를 가고 싶었지만
엄마가 선생님 되는 걸 바라셔서 역사교육을 전공했어.

빵야 …

나나 근데 공부는 안 하고 4년 내내 문학 서클에서 글만 썼어.
시나리오 쓰는 게 재밌었어.
영화를 하고 싶었지만 어쩌다 보니 지금은 드라마를 쓰고 있네.

빵야 …

나나 늦둥이 외동딸로 태어났어.
부모님은 시골에서 사시고.
나는 20년 넘게 혼자 살아.

빵야 …

나나 너는 어떻게 살아왔는지 정말 궁금해.

빵야 …

나나 듣고 싶어.

빵야 …

나나 엄청 궁금하단 말이야.

빵야 …

나나 조금만, 아주 조금만 들려주면 안 돼?

친절, 명랑, 진심, 진지, 애교, 다양한 화술을 구사하던 나나, 시종일관 무뚝뚝한 빵야에게 불쑥 화가 난다.

나나 야!
미안하지도 않냐?
혼자서 이렇게 떠드는 게 불쌍하지도 않아?

나나, 빵야를 흘겨본다.
빵야, 눈 하나 꿈쩍하지 않는다.
나나, 한숨을 쉬며 객석을 본다.

나나 매력적인 소재를 찾았지만
작품으로 갈 길은 멀고도 멉니다.
답답합니다.

도무지 저를 믿어주지 않습니다.
아무런 사연을 들려주지 않습니다.
묵직한 소재들일수록 더더욱 그럽니다.
약속합니다.

나나, 일어선다.

나나 처음 만난 날, 덜컥 키스를 해버린 사람과 정식으로 하는 첫 번째 데이트라고나 할까요?
정신없이 호감을 느끼긴 했는데
술 깨고 다시 보니 이 사람이 어떤 사람인지 도무지 모르겠는 그런 느낌.
어색합니다. 불편합니다.
잘 만날 수 있을까? 겁도 납니다.

나나, 빵야를 돌아본다.

나나 일주일째 저러고만 있습니다.
근데 뭐라고 할 수도 없어요.
내가 좋아서 따라다니는 입장이니까요.
일단 저렇게 앉혀뒀으니까 조만간 무슨 이야기든 들려주겠죠.
누가 이기나 해보는 겁니다.

절대 포기할 수 없어요.
그냥 보내기에는 너무 아깝습니다.

나나, 한숨을 쉬며 고개를 숙인다.

나나 보름이 지나고 있습니다.
돌아보면 이렇게 떠나보낸 소재들이 많았습니다.
결국 그들의 마음을 열지 못했었어요.

나나, 우울한 얼굴로 객석을 향해 걸어온다.

나나 불안해집니다.
이번에도 그냥 가버리면 어떡하지?
술을 많이 마시게 됩니다.

나나, 이리저리 자리를 옮겨다니며 지인들을 만난다.

친구남 총? 무슨 총?
친구녀 일본군 소총?
친구남 뭐? 300만 정?
친구녀 제2차 세계대전에서 베트남전쟁까지?
친구남녀 뭐? 한국전쟁?
친구남 확실해?

친구녀 진짜네?

친구남 그래서?

친구녀 근데 그게 왜?

친구남 그래서 어떻게 되는데?

친구녀 무슨 이야기인데?

친구남 총이 주인공은 아닐 거 아니야?

친구녀 소설 소재에 가깝다.

친구남 드라마로 만들기 너무 어렵겠다.

나나 기대도 안 했지만 역시나 도움이 안 되는 애들입니다.

시인남 그 총에 왜 그렇게 끌렸던 걸까?

나나 시인이 된 문학 서클 선배를 만났습니다.

시인남 쓰고 싶었던 이유가 있었을 것 아니야?

나나 고리타분한 미학가지만

시인남 좋은 소재라고 느꼈던 이유가 있을 거야.

나나 간혹 놓치고 있었던 걸 깨닫게 해주는 재주가 있습니다.

시인남 그래! 나도 그 지점이 놀랍고 흥미로웠어.

나나 일본군들이 남기고 간 총을

시인남 남과 북의 청년들이 나눠 들고 서로를 겨눴다는 사실.

나나 그의 콧구멍이 커졌습니다.

시인남 이야기에 의미가 있잖아!

나나 선배의 콧구멍이 커졌다면 그 말이 사실일 가능성이 높습니다.

시인남 너, 역사 공부했잖아?

나나 힘이 납니다.

시인남 뻔하고 뻔한 러브스토리 지겹다.

나나 용기가 생깁니다.

시인남 나나가 쓰는데 좀 달라야 할 거 아니야?

나나 자신감이 뻗친 나는 술김에 명함에 찍힌 번호로 전화를 겁니다.

제작남 아, 그때 그 작가님.

나나 괜찮은 아이템이 있어서요.

제작남 그게 무슨 창고 이야기였죠?

나나 아니요, 그건 버렸고요.

제작남 아, 그럼 전쟁 이야기라고 보면 될까요?

나나 어쩌다 보니 나도 모르게 장르가 정해져버렸습니다.

제작남 제안서 하나 보내주시죠.

나나 약속 시간까지 일주일이 남았습니다.

나나, 빵야를 노려본다.

빵야, 냉정하게 고개를 돌린다.

탁자 앞으로 다가와 장총을 든다.

나나 잘나가는 제작자의 책상 위에는

제작남 수많은 작가들의 수많은 제안이 수북하게 쌓여 있습니다.

나나 제작자는

제작남 두 번째 페이지를 읽을 시간이 없습니다.

나나 제안서는 한 장으로 승부를 봐야 합니다.

제작남 쌈빡한 로그라인과 신박한 시놉시스.

나나 문학적 의미보다

제작남 대중적 재미가 중요합니다.

나나 무엇보다

제작남 흥행의 예감이 들어야죠.

나나 로그라인이 중요합니다.

제작남 돈 냄새가 확 나야죠.

나나 단 세 문장으로 이야기를 사고 싶게 만들어야 합니다.

제작남 모두가 다 아는 이야기로 예를 들어볼까요?

로미오 로미오와 줄리엣은 원수 집안의 청춘남녀다.

줄리엣 둘은 무도회에서 우연히 만나 사랑의 감정을 느낀다.

나나 둘의 사랑은 과연 이루어질 수 있을 것인가?

제작남 이렇게 쓰면 바로 쓰레기통으로 갑니다.

줄리엣 최고의 미남자 로미오, 줄리엣을 보고 첫눈에 반한다.

나나 그런데 이걸 어쩌나?

로미오 그녀가 원수 집안의 딸이었다니?

제작남 이 정도는 써야 시놉시스를 보죠.

나나 정말 큰일입니다.

뭐, 줄거리가 있어야 로그라인을 쓰죠.

상품이 뭔지도 모르는데 어떻게 카피를 써요?

나나, 손에 든 장총을 힘없이 내려다본다.

나나 총이라는 물건에서,

사람이 아닌 소재에서,

이야기를 만드는 단계로 전혀 넘어가지 못하고 있습니다.

제작남 내일 괜찮으신 거죠?

나나 마감이 오늘 밤으로 다가왔습니다.

발등에 불이 떨어졌습니다.

초조하게 서성이는 나나.

시인남 총이 소품 창고에 있었다며?

나나 순간, 시인 선배의 말이 들려왔습니다.

시인남 어쩌다가 거기까지 오게 됐을까?

나나 소품 창고에 오기 전에는 누구 손에 있었을까?

시인남　처음부터 계속 한 사람이 가지고 있었을까?

나나　주인이 계속 바뀌지 않았을까?

무심코 흘려보냈던 그 말이,

주인이 계속 바뀌지 않았을까!

왜 이제야 다시 떠올랐을까요?

동창녀　원하는 자료가 뭔데?

나나　한국사 강사인 동기에게 SOS를 외칩니다.

동창녀　해방전후사 위주로 보냈어.

나나　돌아보면 국사 공부는 항상 시험 전날에만 했었죠.

부랴부랴 벼락치기를 시작합니다.

동이 틀 무렵,

제안서 한 장이 완성됩니다.

제작남　제목은?

나나　아직요.

제작남　자, 그럼 한번 들어볼까요?

나나, 눈을 질끈 감으며 객석을 향해 고함을 지른다.

빵야, 움찔 귀를 막는다.

나나　일본군이 남기고 간 99식 소총!

남북한 병사의 손을 오가며 전쟁의 비극을 경험한다!

기구한 소총 한 자루의 파란만장한 여정!

나나, 마치 80년대 반공 웅변대회에 나온 학생처럼
그악스럽게 시놉시스를 외친다.

나나 1945년 인천 조병창에서 만들어진 장총은
경성 주둔 일본군 헌병의 총이 된다!
일본의 패망!
한반도에 남겨진 장총은
국방경비대 병사의 총이 된다!
한국전쟁 발발!
국군과 인민군의 손을 오가며
살육전에 동원되는데!
주인이 바뀌며 이어지는
끝이 없는 비극!
과연 장총의 운명은 어찌 될 것인가!

나나의 외침을 들으며 점점 눈이 커지는 빵야, 놀란 얼굴로
나나를 본다.
이마의 땀을 닦으며 제작자의 반응을 살피는 나나.

제작남 괜찮은데요?
나나 정말요?

제작남 아직은 정리가 덜된 느낌이지만

흥미로운 지점이 있네요.

나나 감사합니다.

제작남 큰 거 하나를 찾고 있긴 했어요.

나나 큰 거라 함은 규모가 큰 작품을 말합니다.

제작남 박규만 감독님 아시죠?

나나 대하 역사극으로 유명합니다.

제작남 저희랑 전쟁물 하나를 준비하시다가,

나나 엎어졌다고 합니다.

제작남 작가가 도망갔어요.

나나 작가 알기를 밥으로 아는 걸로도 유명합니다.

제작남 만나보시겠어요?

나나 당연하죠!

제작남 그럼 기다리고 있겠습니다.

나나 한 달 뒤에 감독을 만나기로 했습니다.

제작남 전체적 구성이 담긴 상세한 줄거리.

나나 이제 트리트먼트를 써야 합니다.

감격한 나나, 빵야의 얼굴을 움켜잡는다.

빵야, 혼란스러운 표정으로 멀거니 나나를 본다.

나나 네가 들려주지 않았던 이유를 알았어.

내가 들을 준비가 안 됐었던 거야.

내가 너무 몰랐던 거야.
나, 열심히 공부할 거야,
네가 살았던 세월을.
그러니까 너도 들려줘.
이 기회, 꼭 잡아야만 해.
놓칠 수 없어.
나, 너, 그냥은 못 보내줘.
알았어?
나랑 같이 죽는 거야.

나나, 비장한 얼굴로 듣고 있던 장총을 본다.

나나 제목을 정했어.

나나, 장총의 방아쇠를 가리킨다.

나나 트리거!
총알을 발사하게 하는 방아쇠!
나는 이 작품을 나의 트리거로 만들 거야.
그날 밤, 내가 울고 있을 때
네가 날 찾아온 게 아니라
내가 널 찾고 있었다는 걸 깨달았어.
내가 널 불러낸 이유를 알았어.

나는 나를 죽이고 싶었던 거야.
이제 전혀 다른 마음으로 쓸 거야.
이제 전혀 다른 이야기를 쓸 거야.
순한 마음으로 쓰는 순한 이야기가 아니라
독한 마음으로 독한 이야기를 쓸 거야.
나는 나를 쏴 죽일 거야.
다시 태어날 거야.
별이 똥 싸는 이야기가 아니라
물고기가 뻐끔거리는 이야기가 아니라
표적을 향해 방아쇠를 당기는 이야기!
트리거!
트리거가 되는 이야기를 쓸 거야.
나는 나부터 쏴 죽일 거야.
네가 나의 트리거가 돼야 해.
알았어?

복잡한 얼굴로 나나를 응시하던 빵야,
낮은 목소리로 다그쳐 묻는다.

빵야 누구야, 너.
네가 그걸 어떻게 알아?

딸깍! 방아쇠를 당기는 나나, 활짝 웃는다.

6

•

국화 자극

트리트먼트 구성

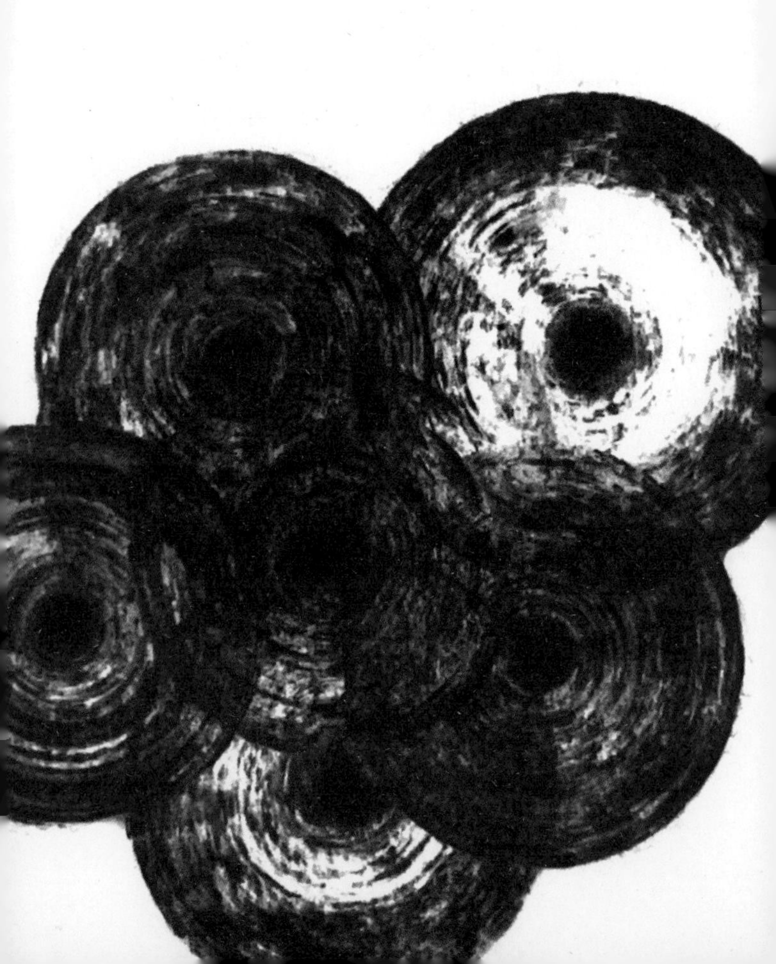

빵야, 매트 위에 엎드려 누워 있다.
나나, 빵야의 종아리를 주무른다.

나나　　뭉쳐도 너무 뭉쳤다.

빵야, 묵직하고 나직한 신음을 뱉는다.

빵야　　으으으.
나나　　시원하지?
빵야　　으으으.
나나　　여기 흉터는 뭐야?
　　　　파편 자국 같은데?
　　　　언제 다쳤어?

빵야, 다리를 휙 오므린다.

나나 알았어. 알았어.
가만있어봐.

나나, 빵야의 허리에 파스를 바른다.

빵야 으으으.

스승녀 많이 들여다보는 수밖에는 없어.
공간이라면 무조건 많이 가.
사람이라면 무조건 많이 만나.
물건이라면 무조건 많이 만져.

나나 돌아가신 스승님이 자주 하셨던 말씀입니다.

스승녀 소재가 먼저 말을 걸어올 때까지 보고 또 봐야 돼.

나나, 일어난다.
무대 한쪽에 거치된 장총 앞으로 온다.

나나 가까이, 옆에서, 오래 보고 있습니다.
보이지 않았던 것들이 보이기 시작합니다.
긁힌 자국, 패인 자국, 깎인 자국, 뜯긴 자국, 녹슨 자국.
온통 상처투성이입니다.

하긴 일흔아홉 노인의 몸이니까요.

장총을 보던 나나, 빵야를 돌아본다.

나나 어렵다는 것 알아.
힘들다는 것 알아.
몸이 그 지경인데 속은 어떻겠니.
모르긴 몰라도 시커멓게 썩어 있겠지.

나나, 잠이 든 빵야의 머리맡에 앉는다.
빵야의 머리를 자신의 다리 위에 눕힌다.

나나 다그치지 않을게.
보채지도 않을게.
천천히 들려줘도 돼.

나나, 빵야의 머리를 쓰다듬는다.
잠에서 깬 빵야, 주춤 당황하지만 일단 잠자코 듣는다.

나나 빵야,
이름, 마음에 들어?
네가 다시 떠올랐던 그 순간에 생생하게 들려왔어. 빵야!

뭔가 빵! 뚫리는 느낌이 들었어.
빵야, 네 마음이 빵 하고 열릴 때까지 기다릴 수 있어.
옛날에 할머니가 그러셨어.
(흉내) 내 속을 까보면 시커먼 숯일 거다.
그럼 불붙이면 되겠네.
철없이 뱉은 말이었지만
아쉬운 생각이 들 때가 있어.
삭이고 삭이기만 하시다가
한번 태워보지도 못하고 가셨잖아.
빵야, 너의 그 시커먼 가슴에 빵 하고 불을 붙이고 싶어.
태울 건 태워버려야 돼.
뜨겁고 환한 불꽃이 너를 어둠 속에서 꺼내줄지도 몰라.

빵야, 일어나 앉는다. 한동안 나나를 빤히 보다가

빵야 보내줘. 그냥 보내줘.
창고로 다시 보내줘.
이제 좀 쉬나 싶었는데.
겨우겨우 잊고 지냈는데.
나 좀 그냥 보내줘.

나나, 빵야를 와락 끌어안는다.

나나 나 좀 믿어줘.
나, 공부 열심히 하고 있어.
다시 말하지만
나는 너를 꼭 붙잡아야 돼.
놓칠 수 없어.
나, 너, 못 보내.
갈 거면, 나를 쏘고 가.

빵야, 고개를 흔들며

빵야 보내줘. 그냥 보내줘.

나나, 빵야의 간절한 시선을 피하며

나나 오늘은 조병창 공부를 열심히 했어.
네가 태어난 곳.
정식 명칭은 인천 조병창 제3공장.
주로 총을 만드는 병기 공장이었어.

나나, 장총을 들고 빵야 옆에 앉는다.

나나 영이 기억나?

빵야 …

나나, 장총의 총열 위에 찍힌 국화 모양의 마크를 손가락으로 가리키며

나나 영이. 네 몸에 국화를 새긴 아이.

빵야, 놀란 얼굴로 나나를 본다.
나나, 빵야에게 장총을 건넨다.
총열을 내려다보던 빵야, 조용히 입을 연다.

빵야 그 아이 이름이 영이였어?

나나, 고개를 끄덕인다.

나나 중학생이었어.
강제 노역에 동원된 어린 학생들이 많았어.

무대 왼편에서 등장하는 백발의 노파, 증언을 시작한다.

노파 공부하는 날보다 강제로 동원되는 날이 많았어.
1945년 초에는 우리 학교 학생들 모두

인천에 있는 무기 공장에서 기관총을 만들었어.
나는 총구 옆에 구멍 뚫는 일을 배정받았어.
매일 800개씩 뚫어야 되는데 어렵고 힘들었지.
발에 차이고 뺨을 맞는 일이 많았어.
다음으로 배정받은 일이 99식 소총에 인두질을 하는 일이었어.

무대 오른편에서 천천히 걸어 나오는 소녀, 손에 인두를 들었다.

나나 영이는 종일 굶은 상태에서 인두를 들고 서 있었어.
영이가 해야 할 일은 99식 소총에 국화를 찍는 일이었어.

소녀 덴노헤이카 반자이! 천황 폐하 만세!

노파 기쿠카몬쇼. 국화 모양의 문장.

나나 전함부터 소총까지, 온갖 무기에 새겨 넣었던 일본 황실의 문장.

노파와 소녀, 무대 가장자리에서 우두커니 빵야를 지켜본다.
나나, 둘을 등지고 서 있던 어두한 빵야의 얼굴을 본다.

나나 기억나니?

인두를 들고 너를 내려다보던 아이.
네 몸에 국화를 새겼던 아이.

장총을 든 빵야, 객석을 본다.

빵야 아팠어.
정수리가 국화 모양으로 지져지고 있었어.
아팠어.
아! 이런 걸 느낌이라고 하는구나.
온몸의 감각이 깨어나고 있었어.
아득하고 먼 곳에서 내 몸 구석구석으로 찾아오고 있었어.
아! 이런 느낌을 고통이라고 하는구나.
뜨끔거리는 옆구리를 봤어.
숫자가 찍혀 있었어.
77020. 나나 나나 제로 니 제로.
앞으로, 뒤로, 옆으로, 산처럼 쌓여 있는 총들이 보였어.
아! 나는 칠만칠천이십 번째로 태어났구나.
작고 여린 손이 보였어.
아이가 인두를 쥐고 있었어.
어린 눈이 인두의 끝을 보며 내 몸에 국화를 새기고 있었어.

아이가 중얼거렸어.

소녀 배고파.

빵야 아이는 인두를 놓고 마른 침을 삼켰어.

하야쿠시테!

크고 거친 손이 여지없이 아이의 뒤통수를 때렸어.

소녀 개새끼.

빵야 아이는 나를 보며 속삭였어.

소녀 개새끼.

빵야 인두 끝에서 물방울 타는 소리가 들렸어.

총번, 나나 나나 제로 니 제로!

나는 위대한 황실의 신총으로서,

대일본제국 황군의 최전선에 앞장설 것을 맹세합니다!

도츠게키!

다음 날,

목관에 실려 기차로 옮겨졌어.

기차가 출발하던 순간이었어.

기적 소리보다 더 크게 그 소리가 들려왔어.

아이의 눈물이 국화 위에서 지져지던 그 소리.

꽃이 내 몸에 피어났어.

죄가 내 몸에 새겨졌어.

죄라는 꽃을 달고

나는 그렇게 전쟁터로 갔어.

빵야를 지켜보던 노파와 소녀, 천천히 사라진다.
나나, 빵야의 뺨을 양손으로 닦아준다.

나나　　나, 어떤 사람 좋아하는지 알아?
빵야　　…
나나　　방금 너처럼 말 많은 사람!

빵야, 나나의 눈에 고인 눈물을 본다.

나나　　어디로 갔니?
　　　　　인천을 떠나서 어디로 갔니?

빵야, 나나를 물끄러미 본다.
나나, 고개를 끄덕인다.

빵야　　만주.
나나　　만주?
빵야　　그래, 만주로 갔어!

기적 소리, 비명처럼 들려온다.
나나와 빵야, 기차처럼 무대 위를 달린다.

나나 1945년 인천 조병창에서 만들어진 장총은

빵야 군수 열차에 실려 만주로 운송,

나나 일본 관동군 장교의 총이 된다.
이후, 조선인 병사의 총이 되었다가

빵야 중국 팔로군 전사의 총이 된다.

나나 해방 후 우여곡절 끝에 부산에 도착한 장총은

빵야 국방경비대의 총이 되어

나나 제주도 4·3사건에 투입된다.

빵야 한국전쟁 발발!

나나 국군과

빵야 인민군의

나나 손을 오가며

빵야 살육전에 동원된다.

나나 전쟁 후에는 지리산 깊은 곳

빵야 빨치산 소녀의 총이 된다!

나나 소녀가 죽은 후에는

빵야 사냥꾼의 총이 되었다가

나나 사냥꾼의 아들인

빵야 포경꾼의 총이 되기도 한다.

나나 급기야 영화 촬영장의

빵야 소품이 되는 운명이 된다.

나나 전쟁터에서 썼던 총이

빵야 전쟁 영화의 소품이 된다!

빵야, 숨을 몰아쉬며 나나를 본다.

빵야 나, 말 되게 많지?

나나 호호호호호호호.

7

•

몽블랑
제작 회의

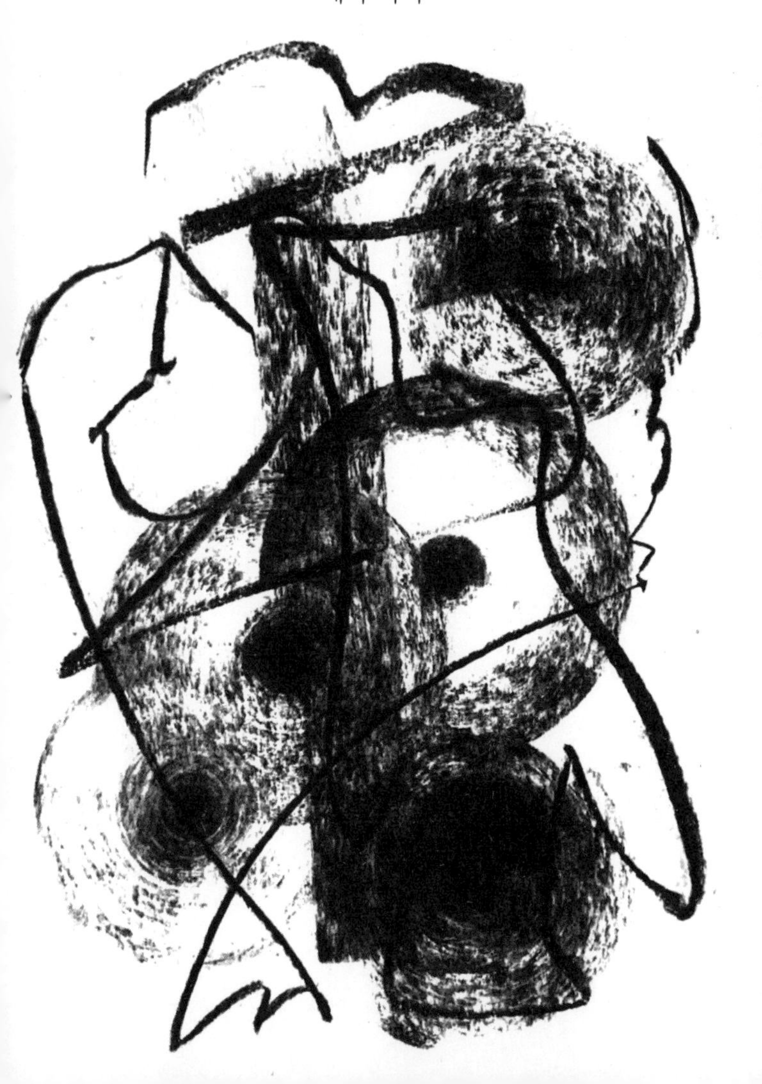

제작남 하하하하하하하.

감독남 하하하하하하하.

나나 호호호호호호호.

제작사 미팅룸. 제작자와 감독을 만나는 나나.
빵야, 보디가드처럼 나나의 뒤에 서 있다.
둘, 선글라스를 썼다.

나나 트리트먼트의 반응이

제작남 굿!

감독남 쏘 굿!

나나 뜨겁습니다.

제작남 완전 대작인데요!

감독남 재밌는 지점이 많네요.

나나 모처럼 들어보는 찬사에 마음이 방방 뜹니다.

제작남 16부작으로는 짧겠죠?

감독남 세트도 새로 지어야 될 텐데.

제작남 24부작은 돼야 되겠죠?

감독남 32부작 정도는 가야죠.

나나 곧 촬영이라도 들어갈 것 같은 분위기!
좋은 예감에 가슴이 떨려옵니다.

제작남 계약하셔야죠?

나나 얼른 듣고 싶어 호흡이 급해집니다.

제작남 작가는 보통 네 개,
그러니까 4부까지의 원고료를

나나 계약금으로 받고 집필을 시작합니다.

제작남 감독은 4부까지 나온 대본을 보고

감독남 연출을 결정합니다. 배우들 역시

제작남 네 개는 보고 출연을 결정합니다.
계약하셔야죠?

나나 얼른 듣고 싶은데.

제작남 작가님, 와인 좋아하세요?

나나 이런 질문을 할 때가 됐는데.

제작남 무슨 와인 좋아하세요?
아! 샤또 딸보.

나나 즐겨 마시는 와인이라고 거드름을 좀 부릴 텐데.
랍스터요?

제작남 쫄깃하면서도

나나 도장 찍기 전까지 친해지면 손해니까

제작남 정말 부드러워요.

나나 침이 고이더라도 약속이 있다고 뻥도 좀 칠 텐데.

제작남 어느 정도 생각하고 계세요?

나나 갓 데뷔한 신인은 회당 오백.

제작남 살짝 중고 신인은 칠백.

나나 경력 있는 무명은 팔백에서 천.

제작남 특급 작가들은 오천 이상.

나나 어떤 작가는 회당 억도 받는다는데.
아마

제작남 칠백에서 구백

나나 사이를 부르겠지만
최소한 천, 목표는 이천, 혹시나 삼천.
아무튼!

제작남 계약하셔야죠?

나나 왜 안 물어보는 거야?
점점 불안한 느낌이 듭니다.

제작남 결국에 선물을 주는 자리는

감독남 시작이 좀 불편해도 됩니다.

제작남 결국 거절을 해야 하는 자리는

감독남 보통 칭찬으로 시작되는 법이죠.

제작남 주인공이 계속 바뀌는 스토리.

감독남　일종의 옴니버스 연작 스타일.

나나　역시나 이번에도

제작남　좋은 이야기인데

감독남　의미가 좋긴 한데

나나　좋은 예감이 틀리고

제작남　아무래도 서사를 끌고 갈

감독남　주인공이 없는 게 걸려요.

나나　불길한 직감이 맞았습니다.

제작남　좀 어려울 것 같습니다.

나나　쿨하게 웃으면서 사무실을 나왔습니다.

제작남　뭐 놓고 가셨어요?

나나　전철역까지 갔다가 다시 왔습니다.

나나와 빵야, 선글라스를 벗는다.

나나, 제작남에게 고개를 숙이며

나나　대본을 한 번만 봐주시면 안 될까요?

제작남　계약 없이도

나나　보여드릴 기회를 한 번만 주세요.

제작남　괜찮으시겠어요?

나나, 고개를 돌려 객석을 응시한다.

나나 강남을 출발한 지하철이 한강을 건너고 있습니다.
옆에 앉은 학생이 넷플릭스 드라마를 보고 있습니다.
얼핏 봐도 장면이 정말 빠르게 지나갑니다.
빠르게, 빠르게, 빠르게, 컷, 컷, 컷이 이어지고 있습니다.
잘 쓸 수 있을까?
쓸 수는 있을까?
겁이 납니다.
창밖을 봅니다.
노을이 눈부십니다.
오랜만에 교회에 가고 싶은 마음이 듭니다.
두 정거장을 일찍 내립니다.

나나와 빵야, 탁자를 사이에 두고 마주 앉는다.

빵야 여기가 교회야?

나나 혜화로터리에 있는 양평해장국.
응, 나한텐 여기가 교회야.
젤리처럼 부드러운 선지를 깨뭅니다.

빵야 여기가 무슨 교회야?

나나 기도하는 마음으로 소주를 마시거든.
저기 저 자리에 앉아 있는 20년 전의 나를,

저기 저 자리에 앉아 있는 10년 전의 나를,
저기 저 자리에 앉아 있는 그 저녁의 내 뒷모습을 봅니다.
저기 저 자리에서 많이 취해버린 그 새벽의 나와 눈이 마주칩니다.

빵야, 나나의 잔에 소주를 따라준다.

빵야 친구 없어?
애인은?
강아지는?

나나 네가 있잖아.
저기 저 자리에 앉아 있는 〈옛날 양화점〉의 순호를,
저기 저 자리에 앉아 있는 〈역전 사람들〉의 길수를,
저기 저 자리에 앉아서 웃고 있는 은하 이모를 봅니다.
저기 저 자리에 앉아서 울고 있는 소년과 눈이 마주칩니다.
넌, 이름이 뭐였지?

나나, 한 자리 한 자리 지그시 응시하던 시선을 거두고 빵야를 본다.

나나 내 앞에 있어줄 거지?

빵야, 물끄러미 나나를 본다.

나나 주인공이 계속 바뀌는 스토리가 왜 안 돼?
옴니버스 연작 스타일이 뭐가 문젠데?
주인공이 없는 게 왜 걸려?
스타 캐스팅은 좀 힘들겠네,
2부에서 죽어도 좋을 스타는 없으니까.
스타가 없는데 편성이 되겠어?
왜 안 되는데?
새로운 시도, 신선한 기획, 맨날 말로만?
내가 보여줄게.
내가 써서 보여줄게.
꼭 주인공이 있어야 돼?
꼭 스타가 나와야 돼?
여럿이서 끌고 가는 스토리가 왜 안 되는데?
씨발, 쌍팔년도 스타 시스템!
그 짓거리 언제까지 하고 있을 건데?

나나와 빵야, 자리에서 일어선다.
나나, 빵야에게 팔짱을 낀다.
둘, 천천히 걷는다.

나나 소주를 두 병이나 마셨습니다.

두 정거장을 걸어갑니다.

우리 집은 돈암동 산기슭에 있는 빌라입니다.

전세 구천. 전 재산입니다.

빵야 화초라도 키워.

나나 꽃집 화분에 핀 꽃을 봅니다.

연분홍 수국이 예쁘게도 피었습니다.

그럴까?

아니야.

빛도 안 들고 볕도 안 좋은 집에서 고생만 하다 죽을 텐데.

오르막 초입의 고급 맨션에 벤츠가 세워져 있습니다.

계약하면 나도 차 사야지.

천? 이천? 아니!

회당 삼천은 받아야지! 꼭 받을 거야!

맥라렌 570S. 완전 내 스타일.

빵야 얼만데?

나나 2억 2천.

빵야 빚부터 갚아라.

나나 갚을 거거든?

빵야 먹고는 살아?

나나 한번씩 목돈이 들어올 때가 있어도

그거 갖고 또 몇 년을 살아야 하잖아?

빵야 빚쟁이 되기 좋은 직업이네.

나나 처음으로 계약금 받았던 날,
롯데백화점에 갔어.
작가 되면, 계약하면, 꼭 갖고 싶은 게 있었어.

빵야 뭐였는데?

나나 몽블랑 만년필.

빵야 샀어?

나나 폼나게 50만 원 긁고 나오는데 정신이 하나도 없었어.
직원이 막 쫓아 나오는 거야.
고객님, 가방을 놓고 가셨어요.

빵야 잘 써져?

나나 가끔씩 꺼내만 봐.
계약할 때마다 한 자루씩 모으려고 했는데
기념품이 돼버렸어.

비가 내린다.
나나, 하늘을 본다.
빵야와 나나, 같이 비를 맞으며 걷는다.

나나 마당이 있는 작업실.
비 오는 소리 잘 들리는 작업실.

화분도 놓고 강아지도 키울 수 있는 작업실.
소원이야.
카페 찾아다니는 것도 이제 지겨워.

나나, 불쑥 걸음을 멈춘다.

빵야 왜?
나나 나, 이번에는 진짜 잘 쓰고 싶어.
그런데, 솔직히 잘 쓸 수 있을까 겁이 나.
사람들이 요즘에 내가 쓰는 거 다 재미없대.
나… 잘 쓸 수 있을까?

나나를 물끄러미 보던 빵야,

빵야 그럼, 나는?
나, 편안하게 해줄 수 있어?
너한테 내 이야기를 들려주면
나를 평화롭게 해줄 수 있어?
내 소원을 들어줄 수 있어?
나나 소원이 뭔데?
빵야 아직은 비밀.

빵야, 나나를 응시한다.

빵야 약속… 할 수 있어?

나나, 빵야의 손을 잡는다.

빵야 포기하지 않을 거지?

나나, 고개를 끄덕인다.

빵야 삼천 가지고 되겠어? 한 1억은 받아야지!

나나, 피식 웃는다.

빵야 나나 나나 제로 니 제로!

총번을 외치며 무대 한쪽으로 달려가는 빵야,
일본군 방한복을 입고 방한모를 쓴다.
나나, 장총을 빵야에게 건넨다.
빵야, 객석을 향해 길게 외친다.

빵야 길남아!

8

•

기무라

1부 집필

나나 장총의 주인!

빵야 그 첫 번째 주인공은

나나 일본군 소대장,

빵야 기무라!

기무라와 일본군들이 부르는 〈관동군 군가〉 들려온다.

일본군들 교운노 모토 미토 하루카

기무라 새벽 구름 아래서 보라

일본군들 키후쿠 하테나키 이쿠산가

기무라 아득히 험준하고 끝없는 산하

일본군들 와가 세이가 소노 이부니

기무라 우리 정예들의 그 임무에

일본군들 메이호 노타미 이마 야스시

기무라 지금 우방의 백성들이 평안하다네
일본군들 에이코 니미츠 칸토군
기무라 영광으로 찬 관동군

기무라, 무대 중앙으로 달려나온다.
나나와 빵야, 기무라 곁으로 다가간다.

나나 기무라 구니오.
기무라 본명 박만대.
빵야 1918년, 소백산맥 기슭의
나나 가난한 농가에서 막내로 태어나
기무라 구박과 배고픔에 시달리며 성장.
빵야 곱상한 외모에 소심한 성격.
기무라 이 악물고 공부에만 전념.
나나 도회지의 농림학교에 입학했으나
기무라 지주에게 억울하게 짓밟히는
빵야 초라한 아버지를 보며
기무라 나는 강한 남자가 될 거야!
나나 경찰에 투신.
빵야 주재소 순사가 됐지만,
기무라 힘센 놈들 따까리나 하는 신세.
빵야 때는 바야흐로
나나 전쟁의 시대.

기무라 군인이 되어야겠어!

나나 혈서를 써서 입학했다는

빵야 동향 선배를 거울삼아

기무라 대동아 경영권을 이룩하기 위한 성전에서
온 목숨 다 바쳐 사쿠라처럼 죽겠습니다!

나나 혈서를 쓰고 만주군관학교에 입학.

기무라 200여 명 중 차석으로 졸업.

빵야 1944년 일본 관동군 소위로 임관.

기무라 전투부대 소대장으로 부임.

나나 열하성 일대의 팔로군들과 수차례 교전.

기무라 게릴라 토벌에 혁혁한 전과.

빵야 조선인 출신임에도

기무라 일본인 상관들의 지대한 신임.

나나 좌우명.

기무라 황군은 천황을 위해 죽는다!

빵야 진짜 좌우명.

나나 강한 놈들 뒤에 서서

기무라 약한 놈들 짓밟는다.

빵야, 고개를 절레절레 흔든다.

빵야 지독한 놈이었어.
일본 장교들 앞에서는 순한 양인데

조선 병사들은 고양이 쥐 잡듯 해.

기무라 조선 놈들은 멍청해.

조선 놈들은 미개해.

조선 놈들은 더러워.

너, 조선 놈이지?

빵야 입에 달고 살았어.

나나 같은 조선 사람들한테 왜 그랬을까?

빵야 일본 사람이 되고 싶었겠지.

나나 아니면, 일본 사람이 됐다고 믿었겠지.

기무라 도츠게키!

돌격 명령을 외치는 기무라의 얼굴을 보고 있던 나나,
돌아서서 객석을 본다.

나나 1부는 기무라의 이야기로 흘러갑니다.

그는 왜 포악한 일본군 장교가 되었을까?

캐릭터의 설득력이 포인트입니다.

빵야 이상한 놈이야.

대체 왜 그렇게 된 거야?

나나 복잡해 보이지만 속성은 생각보다 단순해.

겁에 질려서.

빵야 응?

나나 겁에 질려서 총을 든 남자.

겁에 질려서 힘센 편에 서기로 마음먹은 놈.
위태롭고 험난한 시대,
겁나고 무섭고 불안하니까
총 들고 강한 편으로 가는 찌질한 악당.
기무라 캐릭터가 가진 나쁜 놈의 조건이야.

빵야 그럼 착한 놈의 조건은 뭐야?

나나 어느 편에 서느냐가 중요해.
지레 겁에 질려서가 아니라
참다 참다가 견딜 수 없어서 일어난 사람은
힘센 편에 맞서서 총을 들지.
주인공이 될 가능성이 높아.

기무라 나는 강한 남자가 될 거야!

나나 저런 찌질이들이 많아지면 세상이 암담해져.

기무라 나는 군인이 될 거야!

나나 기무라 구니오.
암담한 시대의 이야기를 여는 첫 주자로
마음에 드는 인물입니다.

기무라 황군은 천황을 위해 죽는다!

나나 산골에서 태어난 가난한 소년이
세상을 향한 앙심을 품고 일본군 장교가 됩니다.
만주 전선에서 승승장구하는 그의 활약상이 펼쳐집니다.

빵야 떠올리기도 싫어.

얼마나 많이 죽였는지 몰라.

나나 사격 솜씨가 좋았다며?

빵야 총 쏘는 걸 좋아했어.

빵야, 장총을 보며 진저리를 친다.

기무라 새로 온 총 맛을 좀 볼까?

빵야 기무라를 처음 만난 순간이었어.

나나 신 63. 1부의 마지막 장면!
군수품이 도착한 연병장.
상자 속에서 99식 소총 한 자루를 집어 드는 기무라.

빵야 그게 바로 나였어.
첫 단추부터 잘못 끼웠어.
그런 놈을 첫 번째 주인으로 만나다니.

나나 소대원들이 보는 앞에서 사격 솜씨를 뽐내고 싶은 기무라.

빵야 하필 그때, 마을 사람 몇몇이 위병소 쪽으로 잡혀 오고 있었어.

나나 게릴라들과 내통했다는 의심을 받고 끌려오는 양민들.

빵야 인솔하는 헌병에게 비키라는 신호를 보냈어.

나나 기무라, 맨 앞의 양민을 향해 장총을 겨눈다.

빵야 내 삶의 첫 번째 표적이었어.

난데없이 맞이한 순간이었어.

나나 기무라, 방아쇠를 당긴다.

빵야 쾅! 나는 그대로 기절했어.

나나 양민, 다리에 총을 맞고 쓰러진다.

기무라 제기랄!

나나 아쉬워하는 기무라, 오기가 생긴다.

빵야 총소리가 그렇게 큰 줄 몰랐어.

온몸이 뜨겁게 타들어가는 느낌이 들었어.

장전이 되면서 나는 다시 깨어날 수밖에 없었어.

나나 영점을 가늠한 기무라, 두 번째 사람을 향해 총을 쏜다.

빵야 쾅!

기무라 명중!

나나 머리에 총을 맞은 노인, 즉사한다.

지켜보던 소대원들, 박수를 친다.

빵야 살려주세요!

나나 끌려오는 양민들, 조선인 부락의 사람들이다.

빵야 살려주세요!

쾅!

나나 세 번째 사람이 쓰러진다.

기무라 미나미!

기무라, 무대 위로 달려나오는 길남을 매서운 눈빛으로 쏘아본다.

빵야 미나미, 그러니까 길남이를 유독 미워했어.

나나 기무라, 길남에게 장총을 건네며 사격을 명령한다.
잔뜩 주눅이 들어 억지로 총을 드는 길남,
네 번째 사람을 보고 소스라치게 놀란다.
바로 정애의 아버지다.

빵야 정애는 다친 길남이를 돌봐준 마을 처자였어.

나나 총상을 입고 낙오병이 됐었던 길남.

빵야 그때 처음 만났어.
보는 순간 눈이 맞았지.

나나 무고한 조선인 양민들의 덧없는 죽음.
총을 든 길남, 자신이 원망스럽다.

기무라 미나미!

나나 길남을 재촉하는 기무라의 매서운 눈빛.

빵야 길남이의 손가락이 부들부들 떨고 있었어.

길남 쏘지 마.

빵야 손가락이 말하는 소리가 들렸어.

길남 쏘지 마.

빵야 길남이는 온몸으로 소리치고 있었어.

길남 쏘지 마!

기무라 미나미!

나나 기무라, 고함을 외친다.

길남, 눈을 질끈 감으며 방아쇠를 당긴다!

빵야 쾅!

9

•

길남이

2부 집필

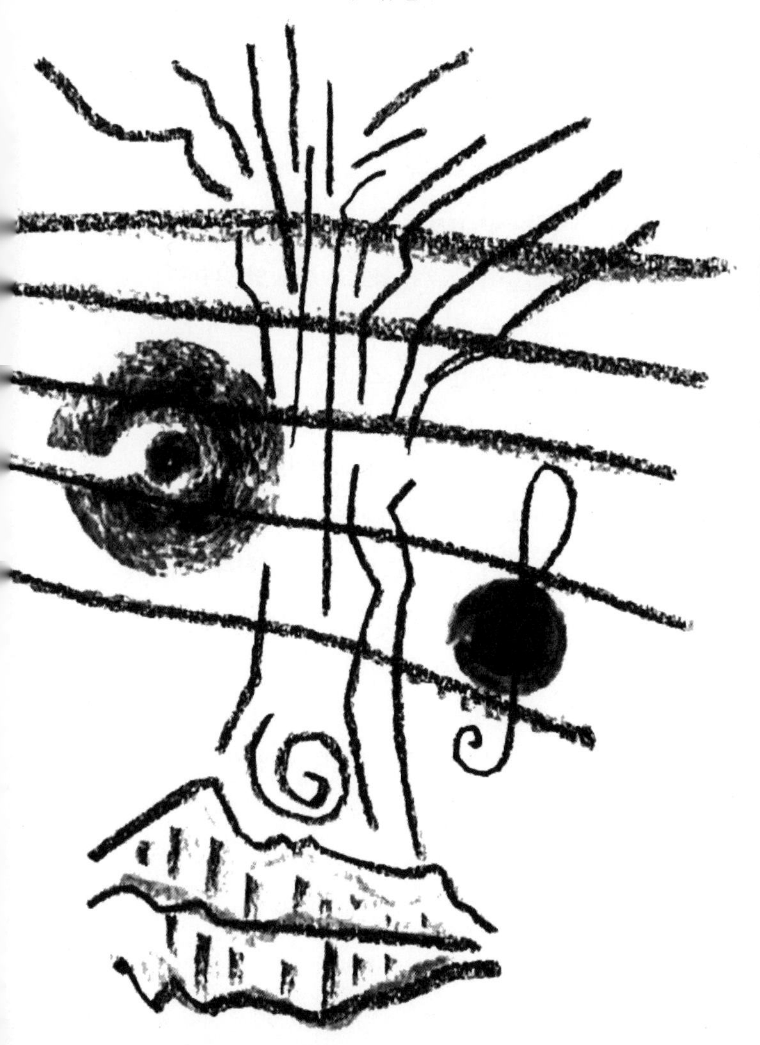

나나 그렇게 1부를 끝냈습니다.

한 달에 한 부를 목표로 쓰고 있습니다.

한 부는 보통 60신 내외로 구성됩니다.

한 달에 한 부를 쓰려면

하루에 최소한 두 신은 써야 합니다.

계약을 하고 편성까지 결정되면

그다음부턴 복불복입니다.

촬영 기간에 무조건 맞춰야 합니다.

일주일에 한 부를 써내야 될 때도 있습니다.

계약을 할 수 있을까?

불안한 마음을 접고 작업에 집중하려고 애씁니다.

하루에 두 신만 써도 되는 상황에 감사하며,

하루에 아홉 신을 써야 되는 상황이 오기를 기도하며,

2부를 시작합니다.

빵야 쾅!

나나 길남이가 정애의 아버지를 향해 쏜 총탄은 다행히도 멀리 빗나갔지만

기무라 조센징!

나나 비 오는 날 먼지 나도록 두들겨 맞은 길남이는

기무라 빠가야로!

빵야 완전군장으로 밤새 연병장을 돌았어.

빵야 미나미 일등병.

길남 본명 남길남.

나나 길남이는 1928년 서해의 작은 포구에서 태어났어.

길남, 휘파람을 분다.

나나 어려서부터 휘파람을 잘 불었던 길남이의 꿈은

길남 음악 선생님이 되고 싶어!

나나 선생님이 주신 낡은 하모니카를 보물처럼 아꼈어.

빵야 달리기도 잘하고 수영도 잘하는 바닷가 소년이었어.

나나 그리고 길남이한테는

빵야 살구가 있었어.

길남 살구야!

빵야 살구는 커다란 삽살개였어.

나나 살구나무 마당에서 태어나서

길남 이름을 살구라고 지었어.

나나 살구는 바다를 좋아했어.

길남 밤하늘의 별들도 좋아했어.

나나 길남이와 살구는

빵야 파도 소리를 들으며 함께 자랐어.

나나 밤바다 위에 찍힌 별자리를 보며 함께 자랐어.

빵야 갯바위에 앉은 길남이가 하모니카를 불 때면

길남 살구의 눈동자로 별똥별이 떨어졌어.

나나, 잠시 하늘을 본다.

호흡을 고른다.

나나 그해 가을.

빵야 주재소 순경이 찾아왔어.

나나 살구를 데리고 간다고 했어.

길남 어디로요?

빵야 만주로 간다고 했어.

길남 만주요?

거기가 어딘데요?

빵야 아주아주 먼 곳.

나나 아주아주 추운 곳.

길남 거기에 왜 가는데요?

빵야 방한복.

길남 방한복이 뭔데요?

나나 군인들이 입는 겨울 옷.

빵야 살구가 군인들이 입는 털옷이 된다고 했어.

나나 1940년 조선총독부는 도견부를 설치하고 개가죽 공출령을 내린다.
중국 침략으로 수요가 급증한 군용 방한복을 공급하기 위해서였다.
한 해 평균 15만 마리의 개들이 도살되었다.
삽살개만 해도 최소 50만, 최대 100만 마리가 방한복이 되었다.

길남 다음 날, 살구가 끌려간 곳을 찾아갔어.

나나 신 33. 길남, 살구가 좋아하는 홍시를 들고 읍내 면사무소에 도착한다.

길남 살구는 없었어. 이상한 냄새가 났어.

나나 길남, 뒷마당을 향해 걸어간다.

빵야 보지 말아야 했어.

나나 길남, 도살장으로 변한 뒷마당을 목격한다.

빵야 고기가 산더미처럼 쌓여 있었어.

나나 가죽이 벗겨진 수많은 개들.

빵야 미친 듯이 달렸어.

나나 길남, 바다를 향해 달려간다.

길남 달리지 않으면 미칠 것 같았어.

나나 길남, 바다를 본다.

길남 씨발!

나나 길남, 바다를 향해 하모니카를 던진다.

길남 중학교를 마치고 소금밭으로 들어갔어.

빵야 염전에서 일을 하던 길남이는

나나 1944년 여름,

길남 군대로 끌려왔어.

나나 회상 장면 끝나며, 신 45. 부대 초소. 새벽.
방한복을 입은 길남, 망루 위에서 보초를 서고 있다.

빵야 마을 소각 작전이 있을 거라는 걸 알게 됐어.
바로 내일이었어.

나나 갈등하는 길남의 초조한 눈빛.

길남 정애를 살리고 싶었어.
사람들을 구하고 싶었어.

나나 길남, 옆에 있던 초병을 개머리판으로 내리친다.

길남 마을을 향해 뛰었어.
마을 사람들을 깨웠어.

기무라 이런 쥐새끼 같은 놈!

나나 사이렌 소리가 울린다.
정애의 손을 잡고 달리던 길남, 부대 쪽을 돌아 본다.

길남 날이 밝아오기 시작했어.

나나 기무라의 소대원들에게 쫓기는 길남과 마을 사람들.

길남 거리가 점점 좁혀지고 있었어.

기무라 독 안에 든 쥐새끼!

나나 기무라, 장총을 들어 길남의 등을 조준한다.

빵야 그때였어.

나나 산속에 은신해 있던 팔로군 선봉대, 비상 나팔을 분다.

빵야 일본군이 기습을 해오는 줄 알았던 거야.

나나 팔로군과 일본군의 치열한 교전이 시작된다.

길남 양쪽 사이에 꼼짝없이 막혀버렸어.

나나 사이에 낀 마을 사람들은 총탄을 피해 바싹 엎드렸지만

기무라 박격포 지원 요청!

빵야 쏟아지는 포탄에는 도리가 없었어.

나나 길남, 굴 하나를 발견한다.

피투성이가 된 정애의 손을 잡고 필사적으로 굴을 향해 달려간다.

빵야 쾅!

나나 굴 입구에서 총을 맞고 쓰러지는 정애.

길남 굴속에 기무라가 숨어 있었어.

나나 기무라, 다음 발을 장전한다.

정애를 보며 울부짖는 길남.

기무라, 길남을 향해 총을 겨눈다.

길남, 달려가 기무라를 덮친다.

빵야 쾅!

나나 총에 맞은 길남, 이를 악문다.

장총을 붙들고 벌어지는 길남과 기무라의 육탄전.

길남, 기무라의 장총을 빼앗는다.

빵야 쏴! 쏴!

나나 길남, 기무라의 머리에 총구를 겨눈다.

기무라, 기겁하며 양팔을 든다.

기무라 길남아, 살려줘.

나나 미소를 지으며 길남을 응시하는 기무라.

빵야 쏴! 쏴! 쏴버려!

나는 얼른 방아쇠를 당기라고 온몸을 떨면서 외쳤어.

쏴! 쏴! 당겨버려!

나나 망설이던 길남, 방아쇠를 당긴다.

빵야 철컥.

길남 불발이었어.

나나 기무라, 절뚝거리는 다리를 끌고 굴 밖으로 도망간다.

쫓아가려다 통증을 느끼는 길남, 배를 만진다.

빵야 관통상이었어.

나나 길남, 벽에 기대 숨을 몰아쉰다.

굴속을 둘러본다.

빵야 그곳은 고구려 시대의 커다란 돌무덤이었어.

나나 별자리 벽화가 그려진 돌벽 틈 사이로 빛줄기 한 가닥이 스며들어온다.

길남, 고개를 들어 컴컴한 천장을 본다.

길남 수많은 별들이 반짝거리는 게 보였어.

빵야 그때가 돼서야 느낄 수 있었어.

나나 길남, 고개를 숙여 방한복 소매를 만진다.

길남 살구였어.

빵야 살구가 안아주고 있다는 걸 느낄 수 있었어.

나나 길남, 방한복 가슴을 천천히 쓰다듬는다.

길남 살구가 안아주고 있어서 무섭지 않았어.

나나 숨이 가빠지는 길남, 마지막이라는 것을 느낀다.

빵야 꼭 하고 싶은 일이 있었어.

나나 길남, 장총을 눕혀 양손으로 받쳐 든다.

빵야 하모니카를 불고 싶었어.

길남 살구한테 하모니카 소리를 들려주고 싶었어.

장총을 양손으로 받쳐 든 길남, 총열을 내려다본다.

나나 길남, 고개를 숙여 장총의 총열에 가까스로 입을 가져다 댄다.

어디선가 아주 작게 하모니카 소리가 들려온다.

나나 길남, 총열에 입술을 대고 바람을 분다.

빵야, 총을 놓고 일어나 천천히 방한복을 벗는다.
손에 든 방한복을 우두커니 내려다본다.
나나와 빵야, 객석을 향해 고개를 돌리며

나나 살구야!
빵야 길남아!

10

·

주인공
대본 미팅

제작남 작가님은 참 나쁜 사람!

나나 2부를 마치고 대본을 보냈습니다.

제작남 왜 사람을 울리고 그래요?

나나 제작자의 몸에서

제작남 물이 나오게 했다면

나나 일단은 성공적입니다.

휴먼 드라마는

제작남 눈물 나도록 슬프게

나나 코미디는

제작남 눈물 나도록 웃기게

나나 공포물은

제작남 식은땀 나도록 무섭게

나나 스릴러는

제작남 손에 땀을 쥐게

나나	멜로물은
제작남	침이 고이게
나나	써야 합니다.
제작남	오늘 시간 되세요?
나나	순간 심장이 쿵쾅 팔딱거렸는데
제작남	떡볶이 먹으러 가실래요?
나나	떡볶이? 덜컹 마음이 주저앉습니다. 계약서와 어울리는 음식이 아닙니다.
제작남	학교가 근처라서 자주 왔었어요.
나나	양념에 사리를 익히는 손길이 꽤 섬세합니다.
제작남	작가님이랑 같이 먹고 싶은 거예요.
나나	대본을 보고 즉석 떡볶이 생각이 났다고 합니다. 문자나 메일로 거절하기에는 좀 미안했나 봅니다. 그의 인생 스토리를 듣습니다.
제작남	시나리오는 아무나 쓰는 게 아니더라고요.
나나	작가와 감독을 꿈꾸는
제작남	마지막 운동권이었어요.
나나	잠시 함께 웃었습니다.
제작남	독립영화 피디를 한 10년 했었어요.
나나	영화로 세상을 바꾸고 싶었던 청년의
제작남	둘째가 생겼는데 도저히 안 되겠더라고요.
나나	실패담 같은 성공담이 펼쳐집니다.
제작남	여기까지 오느라 힘들었어요.

나나 이미지는 완전 금수저인데

제작남 겨우겨우 끌고 왔어요.

나나 흙수저의 산전수전을 듣습니다.

제작남 사람 냄새가 그리웠었나 봐요.

나나 친구처럼 훅 들어오는 게

제작남 기술을 부리고 있는 건

나나 아닌 것 같습니다.

제작남 대본 읽으면서 오랜만에 참 따뜻했어요.

나나 진심이 느껴집니다.

제작남 길남이랑 살구 이야기 정말 슬퍼요.

나나 "정말 슬퍼요"를 말하는 촉촉한 눈동자가 마음을 움직입니다.

제작남 죄송합니다.
좀 어려울 것 같습니다.

나나 괜찮습니다.
정말로 괜찮습니다.
이렇게 거절해주셔서 고맙습니다.
이렇게 따뜻하게 거절해주셔서 정말 고맙습니다.

제작남 아무래도 옴니버스 스타일이 문제네요.

나나 처음부터 끝까지

제작남 작품 전체를 끌고 갈 확실한!

나나 주인공이 있어야 한다는 거죠?
왜요? 주인공이 여럿이면 어때요?

〈당신들의 하모니〉 같은 드라마도 나왔잖아요?

제작남 그 작품이야 워낙 유명한 작가님이 쓰신 거잖아요?

나나 무명작가의 작품은

제작남 스타가 주인공으로 붙지 않으면

나나 편성이 힘들다는 거

제작남 잘 아시잖아요? 처음부터 끝까지

나나 장총 한 자루를 책임질

제작남 영웅 캐릭터 누구 없을까요?

나나 전혀 다른 구조로 설계부터 다시 짜야 합니다.

제작남 죄송합니다.

나나 자리에서 일어나 악수를 합니다.

제작남 그냥 보내기 참 아깝네요.

나나 순간, 쪽팔리게 눈물이 납니다.

제작남 좀 닦으세요.

나나 손수건을 돌려받던 제작자가 불쑥,

제작남 한 번만 더 부탁드려도 될까요?

나나 이런 거절이라면 한 번 정도는 더 받을 수 있겠다는 생각이 듭니다.

제작남 새로운 구조로 처음부터 다시 쓰세요.

나나 쓰던 대로 이어서 4부까지 써볼게요.

제작남 고집부리지 마시고 제 말 한번 들어보세요.

나나 노력은 해볼게요.

제작남 계약을 할 수 있는 대본이면 좋겠습니다.

나나 두 달 뒤에 다시 만나기로 합니다.

나나, 잠시 호흡을 고른다.

나나 제작자를 보내고 떡볶이 골목을 빠져나옵니다.
사람 냄새가 그리워집니다.
조금 외롭습니다.
친구와 선배 몇몇에게 전화를 걸었지만
다들 선약이 있는 금요일 저녁.
창고 할아버지도 출장 중입니다.
신당동에서 집까지 청계천을 따라 걷기로 합니다.
데이트하는 커플이 참 많습니다.
나란히 자전거를 타고 가는 젊음이 참 아름답습니다.
벤치에 앉아 카톡 창을 훑어 내려갑니다.
맘 편하게 불러낼 남자 하나가 없습니다.
어쩌다 이렇게 됐지?
답을 잘 압니다.
쓰면서 이렇게 됐습니다.
지난 연애를 돌아봅니다.
작업을 쉴 때 시작이 됐고
집필이 시작되면 점점 멀어져서

대부분 집필이 한창일 때 헤어졌습니다.
다들 떠났습니다.

무대 좌우에서 등장하는 세 남자.

옛 남친1 넌 나보다 작업이 먼저야.

나나 맞습니다.

옛 남친2 안 풀릴 때는 세상 다 잃은 것처럼 푹 쳐져서

옛 남친3 좀 풀릴 때는 세상 다 가진 것처럼 확 들떠서

옛 남친1 〈옛날 양화점〉 속에

옛 남친2 〈역전 사람들〉 속에

옛 남친3 그 길고 복잡한 이야기 속에

옛 남친1 그 많고 많은 인물들 속에

옛 남친2 그 끝도 없는 고민들 속에

옛 남친3 그 어둡고 갑갑한 미로 속에

나나 함께 갇히려고 했으니까요.

옛 남친1 너 지금 또 순호 생각하지?

옛 남친2 나 그 역전에 사는 거 같아.

옛 남친3 네 이야기보다 은하 이야기를 더 많이 들은 거 같아.

나나 꽤 괜찮은 놈들이었는데.
왜 자전거 한 번을 같이 못 탔을까요?
교회에 가서 소주를 마실까 했는데

빈자리가 없습니다.

나나, 우두커니 돌아선다.
매트 위에 누워서 잠들어 있던 빵야, 조용히 입을 연다.

빵야 집에는 전화했어?
나나 응.
빵야 좀 괜찮으셔?
나나 응, 돈 보내드렸어.

나나, 빵야 옆에 앉는다.

빵야 좀 쉬어.
오늘은 잠을 좀 자야지?

나나, 일어나 서성인다.

나나 이런 기회가 다시 올까?
놓치면 어떡하지?
이 나이에 이제 정말 비빌 언덕이 없는데.
마지막 기회면 어떡하지?
뭐 제대로 해놓은 게 아무것도 없는데.
그래, 이건 드라마야.

전체를 끌고 갈 주인공이 있어야지.

아니야,

새롭고 참신한 시도야.

이 소재를 살리려면 내가 짠 구조가 맞아.

그렇게 써야 의미가 있는 이야기야.

아니야,

너는 그냥 업자가 원하는 이야기를 써주면 돼.

아니야,

왜 내 의도를 몰라줄까?

그래, 한물간 작가라서 그래.

아니야,

지금 이 소재는 지금 방식으로 쓰는 게 맞아.

벌써 보름이나 지나갔어.

그냥 쓰던 대로 쓰자.

꼭 주인공이 있어야 돼?

여럿이서 끌고 가는 스토리가 왜 안 되는데?

아니야,

그렇게 쓰면 어차피 계약도 못하는 거

지금이라도 주인공을 찾아보자.

길남이를 죽이지 말고 계속 살릴까?

평생 살구랑 엇갈리는 이야기로 만들까?

아니야,

그럼 장충은 어디로 가는데?

아니야,

영웅적인 인물을 한번 찾아볼까?

아니야,

계약을 못하면 어떡하지?

아니야,

이제 한 달 밖에 안 남았어.

나나, 약을 먹고 빵야 옆에 눕는다.

빵야 잠을 좀 푹 자야 할 텐데.

나나 나 좀 안아줄래?

빵야, 나나의 등을 안아준다.

나나, 빵야의 손을 잡으며 눈을 감는다.

11

·

선녀

3부 집필

장총을 든 빵야, 곤하게 잠든 나나를 내려다본다.
깨울까 말까 잠시 망설이던 빵야,
나나의 귓가에 대고 〈팔로군 군가〉를 속삭인다.

빵야 퉁즈먼 정치 부파 번샹 제팡 더 잔창

나나, 눈을 비비며 일어나 앉는다.
기지개를 켜는 나나.

빵야 실컷 잤어?

나나, 멍하니 달력을 본다.

나나 이제 고민을 할 수 있는 시간도 없습니다.

한 달 안에 두 부를 써야 합니다.
남은 카드는 딱 한 장뿐.
죽이 되든 밥이 되든 그냥 쓰던 대로 쓰는 것.
그 길 말고는 없습니다.
오히려 마음이 홀가분합니다.

빵야 잘 잤어?

나나, 고개를 끄덕인다.
빵야, 턱짓으로 나나의 머리맡에 놓인 군복과 군모를 가리키며

빵야 그럼 시작할까?

나나 오케이.

빵야 레디?

나나 고우!

나나, 일어서며 낡은 유격대원 군복과 군모를 착용한다.

나나 장총의 주인!

빵야 그 세 번째 주인공은

나나 팔로군 전사,

빵야 강선녀!

선녀, 무대로 힘차게 달려나온다.

병사들과 함께 우렁찬 기세로 〈팔로군 군가〉를 부르는 선녀.

선녀 동지들은 해방의 전투를 향해 질서 있게 달려간다

팔로군들 퉁즈먼 정치 부파 번샹 제팡 더 잔창

선녀 동지들은 조국의 변방을 향해 질서 있게 달려간다

팔로군들 퉁즈먼 정치 부파 번푸 쭈궈 더 벤장

선녀 전진 전진 우리의 대오는 태양을 향한다

팔로군들 샹 첸 샹 첸 워먼 더 두이우 샹 타이양

선녀 최후의 승리를 향해

팔로군들 샹 쭈이허우 더 성리

선녀 전국의 해방을 향해

팔로군들 샹 취안궈 더 제팡

빵야, 선녀에게 장총을 건넨다.

나나 일본군과의 전투에서 승리한 선녀의 대원들은

빵야 교전이 벌어진 골짜기 일대를 수색했다.

나나 죽은 길남의 품에서 장총을 발견한 선녀는

빵야 단발총을 들고 있던 졸병에게

나나 자신의 러시아제 구식 소총을 넘기고

빵야 길남의 신식 장총을 어깨에 멨다.

나나와 빵야, 선녀 곁으로 다가온다.

선녀의 얼굴, 심한 화상과 흉터가 인상적이다.

빵야 선녀는 1921년 백두산 깊은 산기슭에서

선녀 강 포수의 딸로 태어났다.

빵야 강 포수는 전라도 월출산의 명포수였어.

나나 1917년 일본인 기업가 야마모토가 모집한

빵야 호랑이 사냥대를 따라서 함경도에 왔다가

나나 선녀의 엄마를 만나 백두산에 눌러앉았다.

빵야 간간이 사냥을 해서 근근이 먹고 살았어.

나나 가난한 산골 살이였지만

빵야 평온하고 화목한 삶이었어.

나나 도망 온 독립군을 숨겨줬다는 이유로

빵야 불구덩이 속에서 시커멓게 타버린 아내와

나나 겨우 목숨이 붙어 있는 딸의 그을린 얼굴을 보면서

빵야 호랑이 사냥꾼은 일본군 사냥꾼이 되기로 결심했어.

나나 독립군이 된 강 포수는

빵야 한 손에는 총을

나나 한 손에는 딸을 들고

빵야 만주벌판 광막하고 험한 산들을

나나 풍찬노숙 포효하며 뛰고 날았어.

빵야 일본 놈들이 벌벌 떠는 호랑이 포수.

나나 호포 장군이라 불렸어.

빵야 선녀는

선녀 장군의 딸답게!

빵야 참호 속을 뛰놀며 자랐어.

선녀 이슬을 이불 삼아!

나나 소총을 베고 자던 소녀는

선녀 아버지 못지않은!

빵야 명사수가 되었어.

나나 1935년, 열다섯이 된 선녀는

선녀 아버지와 함께

나나 동북항일연군에 합류했어.

빵야 일본군에 맞선 중국인과

선녀 조선인의 연합 부대.

나나 중국 공산당 소속의

선녀 게릴라 부대였어.

빵야 대원들의 저항은 야무졌지만

나나 일본군의 토벌 작전도 무자비했어.

빵야 특히

선녀 간도특설대!

나나 조선인 지원병들로 이뤄진 특수부대.

빵야 모질고

선녀 잔인했어.

나나 1940년, 완전히 와해된 유격대는 소부대로 분산되어

선녀 뿔뿔이 흩어졌어.

나나 마지막 희망은 특설대의 포위망을 뚫고

선녀 팔로군 부대에 합류하는 길뿐이었어.

나나 선녀는 총상을 입은 아버지를 부축해

선녀 얼어붙은 산길을 걸었어.

나나 식량은 떨어졌고

선녀 삭풍은 모질었어.

빵야 강 포수가 숨을 헐떡이며 선녀 옆에 누웠어.

나나 선녀는

선녀 꽁꽁 언 아버지의 손을 잡았어.

빵야 세상 도리도 모르고 애먼 호랑이들만 족쳤으니 벌 받는 거야.

나나 월출산 아래 선녀골.

선녀 고향이 그립다고 했어.

빵야 그 바위에 1년에 한 번 선녀들이 내려와.

나나 선녀바위 전설을 들려주기 시작했어.

빵야 날이 샐 때까지 밤새 바위를 밟아.

선녀 왜요?

빵야 바위가 다 닳아 없어져야 좋은 세상이 와.

선녀 선녀들은 왜 하루만 왔다 가요?

빵야 좋은 세상 오는 게 그만큼 힘든 거야.

선녀 그 큰 바위가 언제 다 닳겠어요?

빵야 그래도 선녀들은 와.

오고 또 와.

밟고 또 밟다 보면

바위는 닳아.

오래 걸려도

천년만년 수억 년이 걸려도

언젠가는 닳아.

언젠가는 닳아 없어져.

한 번은 밟아.

한 번은 밟고 가야 돼.

이 세상 왔다 가는 도리야.

나나 선녀는 눈 속에 강 포수를 묻었어.

구멍 나고 찢긴 군화 밖으로 삐져나온

선녀 아버지의 발바닥이 보였어.

나나 동상에 걸린 그 시커먼 발바닥 옆에

선녀 발가락 하나가 떨어져 있었어.

나나 선녀는 강 포수의 엄지발가락을 손에 쥐고

선녀 눈보라 속을 내달렸어.

눈은 그쳤지만 밤이 시작되고 있었어.

나나 선녀는 컴컴한 눈길을

선녀 밟고 또 밟았어.

나나 엎어진 선녀는 간신히 고개를 들었어.

선녀 조금씩 동이 터오고 있었어.

희미하게 발자국이 보였어.

나나 선녀는 이를 악물고 일어났어.

선녀 발자국은 산마루로 이어지고 있었어.

나나 발자국을 따라

선녀 발자국 위에

나나 한 발 한 발 발자국을 찍으며

선녀 동트는 산마루를 향해 걸었어.

빵야 쓰러진 선녀가 3일 만에 눈을 뜬 곳은

나나 팔로군들이 머물고 있던

빵야 산마루 너머의 밀영.

나나 깨어나자마자 도토리죽 한 사발을

빵야 바닥까지 핥아먹은 선녀는

나나 군장을 짊어지고

선녀 부대를 따라나섰어.

나나 다음 해 봄.

빵야 뉘잔스?

나나 여전사.

빵야 천리행군을 마친 전사들은

나나 정신없이 뛰어든 폭포 속에서

빵야 선녀가 여자라는 사실을 처음 알았어.

나나 선녀는

선녀 그냥 선녀라고 부르라

나나 고 했지만

빵야 시엔뉘?

나나 전사들은

빵야 라오후!

선녀 호랑이라고 불렀어.

빵야 그을린 흉터 때문이기도 했지만

나나 그냥, 호랑이 같았기 때문이었어.

빵야 라오후 잔스!

나나 선녀는 호랑이 전사였어.

빵야 선녀의 호랑이 소대는

나나 지는 법을 몰랐어.

선녀, 장총을 지그시 내려다본다.

선녀 쐈다 하면 백발백중.

빵야 임자 한번 제대로 만났지. 찰떡궁합이었어.

나나 일본군이 겨누던 총구가

선녀 일본군을 겨누기 시작했어.

나나 1945년 8월 화북성 밀운에서

선녀 일본이 망했다는 소식을 들었어.

나나 기뻐할 틈도 없이 선녀의 부대는
국공내전의 전선으로 이동해야 했다.

빵야 팔로군 지휘부에서 명령이 내려왔어.

국민당 부대랑 싸우라는 거지.

나나 선녀의 적은

선녀 일본군이었어.

나나 일본군이 없는 전선은 의미가 없었어.

빵야 이제 그만 총을 내려놓고

선녀 선녀골로 가야겠어.

빵야 아버지의 엄지발가락을

선녀 선녀바위 옆에 묻어주고 싶어.

빵야 선녀는 먼저 북경으로 향했어.

나나 북경에는 귀국을 준비하는 광복군 부대가 집결해 있었다.

선녀 귀국선을 타기 위해 광복군에 입대했어.

빵야 광복군 3지대에는 강 포수의 독립군 부하였던

선녀 칠성이 아저씨가 있었어.

나나 그리고, 놀랍게도

빵야 기무라가 있었어.

나나 길남이를 죽였던 그 기무라가

선녀 광복군이 돼 있었어.

기무라 광복군 제3지대 소속 박만대!

온갖 군복을 입은 군인들, 여기저기에서 무질서하게 등장한다.

광복군남1 일본의 갑작스러운 패망!

광복군남2 팔로군, 국부군, 독립군, 의용대, 유격대 등등등

광복군남1 온갖 부대에서 몰려온 400여 명의 청년들.

광복군남2 피아 식별이 어지러운

광복군남1 대혼란의 시기!

기무라 일본군 출신 조선인을

광복군남2 광복군에 편입시키는 것을 허용한다.

광복군남1 억지로 끌려온 징집병 출신의

광복군남2 일본군들을 위한

광복군남1 광복군의 너그러운 방침.

나나 어처구니 없는 관용이었어.

빵야 물러 터져 갖고 말이야.

나나 일본군 출신들이 대거 광복군에 입대했어.

기무라 신분 세탁을 위한 처절한 몸부림!

빵야 대대 하나를 꾸릴 정도였어.

나나 광복군에게 그들은

선녀 왜구부대라고 불렸어.

나나 일본군 대위였던 자가

선녀 대대장이었어.

나나 중대장들도 모두

선녀 일본군 장교 출신이었어.

나나 기무라는 영악했어.

빵야 후환을 대비해

선녀 철저하게 신분을 숨겼어.

빵야 사병 행세를 했지.

나나 선녀가 기무라의 정체를 알게 된 건

빵야 틀림없이 기무라야.

나나 아버지의 부하였던 칠성이 아저씨를 통해서였어.

선녀 찢어 죽일 놈.

나나 당장 처단하고 싶었지만

선녀 지들끼리 똘똘 뭉쳐 다녔어.

나나 왜구부대의 결속력은 대단했어.

빵야 선녀와 칠성이 아저씨의 동지들은

선녀 바다 위에서 거사를 실행하기로 결사했어.

빵야 다음 해 봄.

선녀 마침내 귀국선이 출발했어.

빵야 천진을 출발해

나나 부산으로 향하는 미군 수송선.

빵야 그날 밤,

선녀 잠든 왜구들을 작살내기 위해

빵야 장총을 손질하던 선녀를 덮친 건

선녀 미군들이었어.

미군남 핸즈업! 핸즈업!

나나 선상의 무장해제.

빵야 신속한 기습이었어.

나나 배 위의 모든 무기는

빵야 미군에게 압수되어 창고로 들어갔어.

나나 선녀와 칠성이 아저씨는

빵야 부산에 도착한 이후로

선녀 거사를 미룰 수밖에 없었어.

빵야 총이 없으면

선녀 칼로

나나 칼이 없으면

선녀 돌로.

찍어 죽일 계획이었어.

나나 그런데

빵야 다음 날 밤.

나나, 잠시 호흡을 고른다.

나나 신 58. 수송선 화장실.

온몸이 꽁꽁 묶여 끌려온 선녀, 고개를 든다.

빵야 손전등 불빛!

나나 재갈을 문 선녀, 손전등을 든 사내를 쏘아본다.

빵야 기무라!

나나 주위를 돌아보는 선녀.

바닥에 칠성이 아저씨와 동지들이 널브러져 있다.

기무라 시마이!

나나 기무라의 병사들, 선녀의 목에 밧줄을 건다.

빵야, 돌아서서 한숨을 쉰다.

나나 신 59. 수송선 후미 갑판.
주변을 살피던 기무라, 손짓으로 신호를 보낸다.
한 구 한 구 바다로 떨어지는 시신들.
기무라의 병사들, 선녀를 바다에 던진다.

빵야 조용했어.
부서지는 파도 소리!
나아가는 엔진 소리!
파도 소리에 묻혀서,
엔진 소리에 깨져서,
칠흑처럼 무심했어.

나나 배는 서해를 지나 남해로 접어들고 있었어.
선녀는 믿었어.

선녀 월출산이 보고 있을 거라고 믿었어.
두고 온 아버지의 발가락이 떠올랐어.
다 닳아 없어진 발가락의 지문이
선명하게 살아나 눈앞에 펼쳐졌어.
그건 바다가 만든 지도였고
산이 만들어낸 길이었어.

나나 선녀는 두렵지 않았어.
언젠가 자신의 발가락 지문을 본 적이 있었어.
닳아 없어져서 보이지 않았어.

선녀 한 번은 밟고 가는구나.
바다가 만든 지도를 따라서
산이 만들어낸 길을 따라서
열심히 밟고 가는구나.
닳아 없애고 가는구나.

나나 선녀는
바위를 밟고 비빈

선녀 수많은 지문들을 떠올리면서

나나 바위를 밟고 비빌

선녀 수많은 지문들을 믿으면서

나나 그렇게 죽었어.

나나, 한동안 침묵. 다시 담담한 목소리로,

나나 신 60. 수송선 선두 갑판.
기무라, 아침 바다를 본다.
일출에 물든 기무라의 벌건 얼굴.
기무라, 미군 장교를 향해 미소를 짓는다.

무대 위의 기무라와 미군, 서로를 향해!

기무라 굿모닝!

미군남 굿모닝!

지켜보던 빵야, 객석을 향해 고개를 돌리며

빵야 　　선녀야!

12

•

무근이

4부 집필

나나, 조용히 입고 있던 군복을 벗는다.
나나의 뒷모습을 지켜보던 빵야, 자리에 털썩 앉는다.

빵야 선녀가 아니라 나였어야 했어.
내가 바닷속에 잠겨야 했어.

나나, 막걸리를 사발에 가득 따라 빵야에게 건넨다.
빵야, 벌컥벌컥 마시고 빈 사발을 나나에게 건넨다.
나나, 단번에 마시고 소매로 입가를 닦으며

나나 수송선 위에서 미군에게 압수된 무기들은
부산항 도착 직후 군수기지에 보관되었다.
빵야 오늘은 좀 쉬면 안 돼?
나나 안 돼. 일주일 밖에 안 남았어.

빵야 힘들어.

나나, 정색하며 빵야를 본다.

나나 나도 힘들어!
선녀의 장총은 전국 각지에서 실려 온 99식 소총들과 함께
미군이 접수한 부산 조병창으로 옮겨졌다.

빵야, 한숨을 쉰다.
나나, 빵야의 얼굴을 지그시 본다.
빵야, 입을 뾰족 내밀며 자리에서 일어선다.

빵야 가보니까 어마어마하게 모였더구먼.
나나 일본군이 남기고 간 수십만 정의 소총들.
빵야 산더미처럼 쌓여 있었어.
나나 장총은 분류 심사를 A급으로 통과했다.
빵야 선녀가 어찌나 관리를 잘해놨던지.
난 정말 폐급이 되고 싶었어.
고철 트럭에 실려 가는 애들이 얼마나 부러웠는지 몰라.
나나 장총은 미군정 산하 국방경비대에 보급된다.
빵야 하필 제주도였어.

나나 1947년 봄, 모슬포에 주둔한 9연대에 도착한다.

빵야 장총의 주인!

나나 네 번째 주인공은

빵야 국방경비대 이등병,

나나 양무근!

무근, 천진난만한 표정을 지으며 무대로 달려나온다.

나나 열여덟 소총수는 1929년 한라산 기슭의 외딴 마을에서 태어났다.

빵야 나무꾼의 아들이었어.

나나 해녀였던 무근의 어머니는 어느 날,

빵야 갯가에서 몸을 말리던 중에

나나 거대한 문어 한 마리와 맞닥뜨린다.

빵야 몸집이 집채만 했어.

나나 문어에게 붙들린 어머니는

빵야 굵고 긴 다리에 휘감겨서

나나 꼼짝없이 바닷물 속으로 끌려갈 위기.

빵야 바로 그때

나나 어디선가 홀연히 나타난

빵야 갓난아이가

나나 엉금엉금 기어 와서

빵야 문어를 향해 폴짝 뛰어올랐어.

나나 문어 다리에 찰싹 달라붙은 아이는

빵야 이도 아닌 잇몸으로

나나 문어를 자근자근 씹어 먹기 시작했다.

빵야 다리, 몸통, 머리

나나 순식간에 먹어 치운 아이는

무근 꺼억!

나나 뱃고동 같은 트림을 하고서는

빵야 껑충

나나 어머니의 등에 올라타더라는 것이었다.

빵야 무근이다운 태몽이었어.

나나 삐쩍 마른 무근이는 먹성이 정말 좋았다.

빵야 어마어마했지.

나나 꼬르륵 소리도 유난히 컸다.

빵야 천둥소리야.

나나 먹어도 먹어도 배가 고팠던 아이는

빵야 칠남매 중 막이.

나나 나무꾼 부부는 쉴 틈이 없었고

빵야 아홉 식구는 늘 허기져 있었다.

나나 아이의 소원은 오직 하나

무근 딱 한 번이라도 배부르게 먹어보고 싶엉!

나나 십 리를 통학하며 국민학교를 졸업한 무근이는

빵야 아버지를 따라 나무꾼이 되었어.

나나 살림이 좀 나아졌지만

무근 항상 배가 고판!

나나 태평양전쟁 막바지, 무근은 강제 노역에 동원된다.

빵야 정뜨르 비행장.

나나 지금의 제주공항이었어.

빵야 온종일 등짐을 지고

나나 모래를 나르는 고된 노동.

빵야 그날도 겨우 감자 두 톨로 버티고 있었어.

나나 일본군들의 배식 장면을 보게 된다.

빵야 반합에 가득 담긴 밥과 국.

나나 무근이에게 군대는

빵야 제때 밥을 주는 곳.

나나 해방이 되고 경비대에서 병사들을 모집한다는 소식을 듣게 되었을 때

빵야 일본군들의 반합이 떠올랐어.

무근 어멍! 군대에 가야하쿠다!

나나 그래, 내 새끼, 배 좀 그만 곯으라.

무근, 경비대 병사들이 부르는 〈경비대 군가〉를 어설프게 따라 부른다.

대원들 우리는 경비대 용사 씩씩한 국방군

무근 자유와 정의의 총칼을 들고서

대원들 찬연한 우리 겨레 한데 뭉쳐서

무근 영원한 새 나라를 건설해나가자

대원들 건설 건설 거룩한 나라

건설은 우리의 사명일세

무근 우리의 희망일세

빵야, 무근에게 장총을 건넨다.

나나 군가는 새것이었지만, 소총은 물론

빵야 군복, 군화, 군모, 각반과 요대까지

나나 반합과 숟가락까지

빵야 일본군들이 쓰던 것을 그대로 물려받았어.

나나 꽁보리밥에 멀건 된장국이 전부였지만

턱없이 적은 양이었지만

빵야 꿈에 그리던 반합에서 밥을 떠먹을 때면

무근 군대 오기 잘했다는 생각이 들언.

빵야 허겁지겁 먹다가

나나 어머니가 생각나서

빵야 아버지가 떠올라서

나나 동생들이 걱정돼서

무근 눈물이 난.

나나 눈이 큰 무근이는 눈물이 많았다.

빵야 겁도 많았어. 총을 얼마나 무서워했는지 몰라.

나나 총소리만 들으면 온몸에 땀이 났다.

빵야 눈 감고 허공에 쏴대는데 맞을 리가 있나.

나나 사격 훈련이 있는 날이면

빵야 종일 뺑뺑이를 돌다가

나나 거품을 물고 쓰러졌다.

빵야 고문관으로 찍혔지 뭐.

무근 늘 배가 고팠던

빵야 고단한 이등병의 힘겨운 병영 생활.

나나 유일한 관심은 일주일에 한 번 지급되는 미군의 전투식량.

대원들 씨레이션!

나나 씨레이션 한 상자 속에는

대원3 고기 통조림

대원4 초콜릿

대원1 사탕

대원2 비스킷

대원3 껌

대원4 담배까지

나나 들어 있었다.

빵야 병사들이 아주 환장을 했어.

나나 일주일에 한 번 소대별로 네 상자.

빵야 처음에는 나눠 먹었지.

나나 시간이 갈수록 경쟁이 치열해졌다.

빵야 치고 박고 싸움까지 났어.

나나 연대장은 특단의 조치를 내린다.

빵야 우수 병사 우선 지급.

대원1 위생 상태.

대원2 피복 상태.

대원3 관물 상태.

대원4 정신 상태.

대원1 훈련 성과.

대원2 그중에서도

대원3 가장 중요한 것은

대원4 사격 성적!

빵야 아무리 노력을 하면 뭐해?
사격 점수가 빵점인데.

나나 무근과 씨레이션의 거리는 총구와 표적의 거리 만큼 멀었다.

무근 껌은 한 번 씹어봤.

나나 옆자리의 김 일병이 종일 씹다가 관물대에 붙여 둔 껌을

빵야 몰래 떼어서 씹다가 얼마나 맞았는지 몰라.

나나 껌은 황홀했다.

무근 씹어도 씹어도 안 어서져.

나나 무근이는 통조림도 비스킷도 초콜릿도 먹어보고 싶었다.

빵야 그렇게 달콤하고 고소하고 부드럽다는데!

나나 냄새만 맡아도 돌아버리겠는데!

빵야 딱 한 번만이라도 씨레이션을 먹어보는 게

나나 무근이의 새로운 소원이 되었다.

빵야 쾅!

나나 1948년 4월 3일.

빵야 그 난리가 시작됐어.

나나 미군정의 탄압에 맞서 무장대의 봉기가 시작됐다. 경찰은 우익청년단까지 동원해 진압을 시도했지만

빵야 사태만 더 악화됐어.

나나 5월 초, 미군정은 경비대에게 토벌 작전을 지시했다.

빵야 공격 명령이 떨어졌어.

나나 제주도 출신 병사들이 동요했다.

대원1 고향 주민들을 향해서

대원2 어떻 총을 들어요?

나나 남로당원 중대장이 반란을 지휘했다.

대원3 연대장을 죽이고

대원4 무장 탈영!

나나 40여 명의 병사들이 탈영, 한라산의 무장대에 가담했다.

빵야 그날 밤 무근이는 불침번을 서고 있었어.

쾅!

나나 연병장 건너편 막사에서 들려오는 무시무시한 총소리에 놀라

빵야 혼비백산 내무실을 뛰쳐나왔어.

나나 부리나케 달려서 숨어든 곳은

빵야 변소 뒤편에 있는 소각장.

나나 소각로 속에 들어가 귀를 막고 웅크렸다.

빵야 얼마나 지났을까?

나나 총소리가 산발적으로 이어지고 있었다.
무근은 부대가 무장대의 기습을 받았다고 생각했다.

빵야 일단 부대 밖으로 도망가야겠다!

나나 바깥을 향해 엉금엉금 기어가던 손에 무엇인가가 걸렸다.

무근 큼지막한 상자였언.

나나 그것이 무엇인지 단번에 느낄 수 있었다.

무근 묵직한 그 느낌.

나나 맨날 들고 나르기만 했던 그 상자.

무근 씨레이션이언.

나나 하나도 아닌 한 박스.

빵야 보급병이 빼돌려서 숨겨둔 거였어.

나나 순간 어머니의 눈깔사탕이 떠올랐다.

무근 잔칫집에 품 팔러 가셨다가 몰래 하나를 훔쳐 온

거라

나나 사탕 하나를 일곱 조각으로 쪼개던 주먹의 느낌이

빵야 조각을 오물거리던 동생들의 작은 입들이

나나 방바닥에 떨어진 가루를 찍어 드시던 어머니의 손가락이

빵야 돌아앉아 냉수를 마시던 아버지의 한숨 소리가

나나 무근이의 가슴을 때렸다.

무근 집으로 가게!

나나 소각로를 나온 무근이는 장총을 등에 메고 상자를 끌어안았다.

무근 집을 향해서 뛰언!

나나 단것을 좋아하시는 어머니께 초콜릿을 먹여드리고 싶었다.

빵야 여동생들의 입에 비스킷을 넣어주고 싶었어.

무근 무철이, 무덕이는 통조림을 얼마나 맛있게 먹으카?

어멍, 껌도 한번 씹어봐마씸.

아방, 담배도 한번 피워봐마씸.

빵야 식구들의 배부른 배를 떠올리면서 집을 향해 달렸어.

나나 신 59. 한라산 기슭의 산길.

상자를 들고 달리던 무근, 길가 풀밭에 앉는다.

가쁜 숨을 몰아쉬며 땀을 닦는다.

빵야　저벅저벅.

나나　발자국 소리.

빵야　저벅저벅.

나나　산길 저편에서 들려오는 발자국 소리.
무근, 바닥에 엎드리며 숨을 죽인다.

빵야　저벅저벅.

나나　발자국 소리. 점점 가까이 다가온다.
무근, 어둠을 향해 장총을 겨눈다.

빵야　저벅저벅 저벅저벅.

나나　청년단원 신출, 무근을 지나쳐 간다.

빵야　꼬르륵!

나나　신출, 자리에 그대로 멈춰 선다.

신출　화랑.

나나　신출, 나직하게 청년단 암구호를 뱉는다.

신출　화랑.

나나　암구호를 알 리가 없는 무근, 식은땀을 흘리며
신출의 등을 향해 장총을 겨눈다.

빵야　쏴!

나나　벌벌벌 떨리는 무근의 손가락, 방아쇠를 당기지
못한다.

빵야　쏴! 지금 쏴야 돼!

나나　신출, 서서히 돌아선다.

빵야　쾅!

나나 신출, 무근을 향해 거침없이 방아쇠를 당긴다.

빵야, 자리에 털썩 주저앉는다.
제자리에 멍하니 서 있던 나나,
빵야를 돌아본다.

빵야 바보 같은 놈.
왜 못 쏴!

나나 …

빵야 암구호가 뭐였는지 알아?

나나 화랑.

빵야 사탕!

나나 …

빵야 무근아!

13

•

보물섬

집필 계약

제작남 어디서 볼까요?

나나 대본을 보내고 이틀 후에 연락이 왔습니다.

제작남 막걸리요?

나나 제작자의 목소리가 어두웠기에

제작남 그래요.

나나 술이나 한잔 하시죠.

나나와 빵야, 나란히 탁자 앞에 앉는다.

제작남 고집이 참 세시네요.

나나 그렇게 밖에는 안 풀리네요.

제작남 아쉽습니다.

나나 이번에도 어려운 거죠?

제작남 네.

나나	예상을 했기에 담담합니다.
제작남	재밌게 읽었어요.
나나	열심히 썼어요.
제작남	고생하셨어요.
나나	편성되기가 그렇게 힘든 건가요?
제작남	원 톱이 없는 구조로는 가능성이 너무 낮아요.
나나	스타 캐스팅이 정말 무서운 거였네요.
제작남	누가 나오느냐가 돈의 규모와 방향을 결정하니까요.
나나	요즘 넷플릭스 보면 새로운 시도도 많이 하잖아요?
제작남	넷플렉스니까 가능하죠.
나나	제안을 한번 해보면 어떨까요?
제작남	유명한 배우가 붙거나 이름난 감독이 한다면 모를까.
나나	혹시나 모르잖아요?
제작남	그래도 이 상태로는 힘들어요.
나나	대규모 시대극.
제작남	제작비 버짓은 크고
나나	주인공이 계속 바뀌는 구조.
제작남	스타 캐스팅의 가능성은 낮고
나나	애초의 설계부터
제작남	현실적 조건을 전혀 고려하지 않은

나나 무모한 시도였네요.

제작남 저도 이런저런 일들을 겪다 보니까 겁이 많아졌어요.

나나 의미 있는 이야기라고 생각은 하시는 거죠?

제작남 그럼요.
구성을 한번 바꿔보시면 좋을 텐데.

나나 그게 쉽지가 않아요.
작가도 다음이 궁금해야 쓰게 되거든요.
글쎄요, 저는 그래요.
자꾸 총의 다음 주인이 궁금해지고
그 사람 이야기를 구상하게 되고
그 사람과 함께 사는 듯한 착각 속에 빠져 있을 때가 많고
그런 시간이 좋아요.
뭔가 위로가 되는 느낌이 들어요.

제작남 이해합니다.
작가님 글은 참 좋아요.
작가님 스타일이 현실이랑 맞지 않을 뿐이죠.
제 입장 이해하시죠?

나나 제작자가 자리에서 일어날 타이밍을 찾는 것 같습니다.

비가 내리기 시작합니다.

빗방울이 막걸리 집 창문을 때립니다.
저는 옆에 앉은 빵야를 봅니다.

못마땅한 눈빛으로 제작자를 지켜보던 빵야, 물끄러미 나나를 본다.

빵야 왜? 여기서 포기하려고?

나나, 고개를 숙이며

나나 미안해.

빵야, 나나를 응시한다.

빵야 너 계속 쓰고 싶어?
계속 내 이야기 쓸 자신 있어?
나나 쓰고 싶어.
얼마나 쓰고 싶은데.
근데 계약을 안 해주잖아?
빵야 꼭 계약을 해야 쓸 수 있어?
나나 그럼.
빵야 왜?
나나 서랍 속으로 들어가는 걸 알고 대본을 쓰는 작가가 어디에 있어?

빵야 그게 어때서?

서랍 속에 들어가는 게 어때서?

나나 그게 말처럼 그렇게 쉬운 일이 아니야.

아무튼 계약을 해야 쓸 수가 있어.

그건 네가 이해해줘야 돼.

빵야 그럼, 계약을 하게 만들면 되잖아?

제작남 작가님, 그럼 일어날까요?

빵야 자존심 부리지 말고 더 매달려봐.

제작남 정말 수고 많으셨어요.

빵야 더 믿음을 줘.

더 팍팍 꼬셔봐.

네가 썼던 사람들,

내가 들려줬던 사람들을 떠올려봐.

선녀를 생각해봐.

그만한 각오도 없이 시작했어?

일단 한잔 더 하자고 해.

끌고라도 2차를 가!

나나 죄송한데 소주 한잔만 사주시면 안 돼요?

제작남 약속이 좀.

빵야 물러서지 마.

나나 잠깐만, 딱 한 잔만 더 해요.

제작남 시간이 좀.

빵야 비가 주룩주룩 오잖아.

나나 비도 오는데 너무 하시네요.

제작남 죄송해요.

빵야 포기하지 마.

나나 딱 10분만요!

제작남 …

빵야 그렇지!

나나와 빵야, 일어나 자리를 바꿔 앉는다.

나나 2차가 두 시간째 이어지고 있습니다.
포장마차를 두드리는 빗줄기도 점점 굵어지고 있습니다.
소주병의 수도 늘어나고 있습니다.

제작남 저도 이런 이야기가 꼭 드라마가 됐으면 좋겠어요.

나나 말로만 그러면 뭐해요?
술김에 시비를 겁니다.
독립영화 했다는 사람이!

빵야, 흐뭇하게 지켜본다.

제작남 독립영화 했다는 사람.

나나　　위험한 도발이었는데

제작남　　굉장한 자극이 됩니다.

나나　　문화운동 했다는 사람이!

제작남　　어? 이러면 안 되는데 점점 동요가 됩니다.

나나　　편성이 될 가능성을 떠나서 좋았다면서요?

제작남　　대본은 좋다니까요.

나나　　작품에 담긴 의미도 좋다면서요?

제작남　　감동과 슬픔이 있어요. 당연히 의미도 있죠.

나나　　그럼 우리 끝까지 한번 밀어붙여봐요,
짜째하게 이것저것 재지 말고.

제작남　　언제부터 내가 이렇게 째째해졌지?

나나　　대표님도 돈 벌자고 하는 일은 아니실 거 아녜요?

제작남　　그래, 돈만 벌자고 하는 일은 아니었는데.

나나　　좋은 드라마 만들고 싶어서 시작했다면서요?

제작남　　어쩌다 이렇게 눈치를 보는 프로듀서가 됐을까?

나나　　저는 대표님이 되게 좋은 분이라는 거 알아요.

제작남　　편성 가능성이 낮긴 하지만

나나　　불가능한 도전은 아니라는

제작남　　위험한 생각이 어떤 오기를 만들기 시작합니다.
술기운 때문은 아닌데.
이러면 안 되는데.
현실이라는 망망대해에서

무인도로 방향키를 잡으면 큰일 나는데.

나나 그 섬이 보물섬일 수도 있죠.

제작남 보물섬을 찾아가는 도전?

나나 대표님, 감각 좋으시잖아요?
대표님의 감각을 믿으세요!
현실적 판단 말고 예술적 감각!

제작남 결정타를 맞습니다.

나나 〈여명의 눈동자〉!
〈모래시계〉!
그런 드라마 만들고 싶다면서요?
그런 드라마, 흉내라도 내보자는 거예요.
고만고만한 러브스토리 지겹다면서요?
길남이, 살구, 선녀, 무근이,
다 불쌍하다면서요?
세상 사람들이 많이 알게 되면 좋겠다면서요?
저 진짜 끝까지 한번 써보고 싶어요.
좀 도와주세요!

제작남 …

나나 죄송해요.
제가 너무 오버했네요.

제작남 저… 많이 못 드려요.

빵야, 미소를 머금으며 나나에게 윙크를 한다.

제작남 많이 못 드려요.

나나 …괜찮아요.

제작남 진짜 많이 못 드려요.

나나 저 신인급으로 받아도 괜찮아요.

제작남 계약하시죠.

나나 7년 만에 듣는 제안입니다.

제작남 우리 잘 한번 키워봐요.

나나 우리.

눈물이 핑 돕니다.

제작남 모험이 시작됐네요.

나나 술기운 때문은 아니시죠?

제작남 제가 독립영화는 못 해도

양아치는 아닙니다.

나나 다음 날.

계약서를 사이에 두고 다시 만났습니다.

제작남 그럼, 도장을 찍기 전에 정리를 할까요?

장르를 전쟁 휴먼으로 보면 되겠죠?

나나 스무 명 정도의 인물들이

제작남 릴레이로 장총의 주인이 되는 스토리.

나나 한 명의 스토리가 한 회나

제작남 두 회로 구성되는

나나 옴니버스 스타일.

제작남 24부작이 적당할 것 같아요.

나나 32부작은 어려울까요?

제작남 아무래도 긴 느낌이 있어요.

나나 8부가 늘어나면 그만큼 대본료도 늘겠지만

제작남 작품성도 신경을 써야죠.

나나 길게 늘어지는 것보다

제작남 짧고 굵고 임팩트 있게.

나나 이 한 작품으로 끝낼 것도 아닌데

제작남 길게 보고 작업해야죠.

나나 반응이 좋으면

제작남 시즌 2가 있으니까요.

나나 짝짝 죽이 맞습니다.

제작남 옴니버스 스타일이 새로운 시도라

나나 현실적 난관이 많다는 거 알죠.

제작남 메인 배우 캐스팅이 쉽지 않을 거예요.

나나 달랑 2회만 나오려고 하는 스타는 없으니까요.

제작남 그래도 돌파구를 찾아서 도전하는 거죠.

나나 되풀이된 현대사의 비극을 담아내기에

제작남 반복되어 이어지는 아픔을 그려내기에

나나 적절한 스타일이라고

제작남 설득해나가는 게 제가 할 일이죠.

나나 이야기를 나눌수록 신뢰가 커집니다.

제작남 이제 사인하셔야죠?

나나 계약서에 찍힌 숫자를 봅니다.

맨 앞에 7자가 찍혀 있습니다.

제작남 많이 못 드려서 죄송해요.

나나 새까만 후배가 회당 오천에 계약을 했다는 소문이 잠시 귓가를 맴돌았지만 깨끗하게 잊어버리기로 합니다.

계약을 해주는 게 어딘데요.

7년 만에 계약서에 이름을 씁니다.

제작남 지금 분량으로는 개성을 어필하기가 힘들어요.

나나 8부까지 대본을 쓰기로 합니다.

제작남 여덟 개가 나오면 방송사부터 돌려보기로 하죠.

나나 이제 4개월 동안 네 개의 대본을 써야 합니다.

제작남 계약금은 바로 넣어드릴게요.

나나, 긴장이 풀린다.

크게 한숨을 뱉으며 탁자에 엎드린다.

빵야, 나나의 어깨를 주무르며

빵야 축하해. 고생했어.

나나 이제부터 시작인데 뭐.

빵야 계약금은 얼마 들어오는 거야?

나나 회당 칠백에 대본 네 개.

빵야 이천팔백?

숨 좀 돌리는 거야?

나나 전세금 올려주고
밀린 빚 갚고 나면
어떻게 1년 정도는 겨우 버티겠다.

빵야 교회 가서 소주 한잔 해야지?

나나 그럴까?

나나와 빵야, 기분 좋게 일어서는데
신출과 청년단원들이 부르는 〈청년단 단가〉 들려온다.

단원들 우리는 서북청년단 조국을 찾는 용사로다

신출 나아가 나아가 삼팔선 넘어 매국노 쳐버리자

단원들 진주 같은 서북이 지옥이 되어

신출 모두 도탄에서 헤매이고 있다

단원들 동지는 기다린다 어서 가자 서북에

신출 등잔 밑에 우는 형제가 있다

단원들 원수한테 밟힌 꽃봉이 있다

신출 동지는 기다린다 어서 가자 서북에

나나, 빵야를 본다.

빵야 좋은 날인데 오늘은 좀 쉬자.

나나 아니야,
왔을 때 잡아야지!

도망가기 전에!

신출과 청년단원들의 군가, 점점 크게 들려온다.
나나와 빵야, 무대를 향해 성큼성큼 다가오는
그들의 어둔 그림자를 향해 마주 설 때
1막 끝.

14

•

신출
5부 집필

나나 장총의 주인!

빵야 그 다섯 번째 주인공은!

나나 서북청년단원,

빵야 서신출.

신출, 무대 위로 달려 나와 바닥에 놓인 장총을 들며 흡족해 한다.

나나 무근을 죽인 신출은 자신의 38식 소총을 시체를 향해 던져버렸다.
신출은 무근의 99식 장총을 어깨에 멨다.

빵야 탈영병 무근이를 죽이고

나나 씨레이션 박스를 들고 청년단 본부에 도착한 신출은

신출 내래, 영웅이 됐어야!

나나 나이 열일곱.

빵야 고향 신의주.

나나 삼천 석 지주의 외아들로 태어나

빵야 금지옥엽 호강하며 자랐어.

나나 해방 직후

빵야 공산당 대원들이 들이닥쳤어.

나나 맞아 죽은 아버지를

신출 묻어드리지도 못했어!

나나 시커먼 다다미 아래 숨어서

신출 피눈물을 삼켰어!

나나 그때

빵야 남김 없이

나나 눈물이 말라버린 소년.

그날

빵야 시커멓게

나나 피가 그을려버린 소년.

빵야 두 주먹 불끈 쥐고

나나 어금니를 바득바득

빵야 혈혈단신 월남해서

신출 찢어 죽이고 씹어 죽일!

나나 빨갱이 사냥꾼이 된 청년.

신출 종간나 빨갱이 새끼들!

나나 제 5부.

서울에 온 신출이 극우단체의 비밀 요원이 되어 좌익 인사를 암살하는 장면부터 시작됩니다.

빵야 쾅!

나나 극심한 이념 대립이 펼쳐지는 1947년.

우익의 선봉에 선 그의 종횡무진 활약상이 이어집니다.

삼일절 기념식 남대문 충돌 사건.

빵야 쾅!

나나 부산 좌파 공연장 다이너마이트 투척.

빵야 쾅!

나나 인천 파업 현장 습격.

빵야 쾅!

나나 좌익 검사 저격.

빵야 쾅!

나나 언론사 사장 암살.

빵야 쾅!

군정남1 레드 아일랜드!

군정남2 빨갱이 섬!

신출 서북청년단 제주지부 결성!

무장대1 단독정부 결사 반대!

무장대2 경찰은 탄압을 중단하라!

나나 4월 3일 시작된 무장대의 봉기!

군정남1 제주도 전역에 계엄령 선포.

군정남2 제주항에서 한라산까지,

군정남1 한라산에서 서귀포까지,

신출 모조리 쓸어버리자!

빵야 쾅!

나나 게릴라 토벌 작전에 전격 투입!

빵야 쾅!

나나 무분별한 양민 학살!

빵야 쾅!

나나 정방 폭포에서

빵야 쾅!

나나 함덕 해변에서

빵야 쾅!

나나 곤을 마을에서

빵야 쾅!

나나 산에서 들에서 바닷가에서

빵야 쾅! 쾅! 쾅!

나나 아이부터 어른까지 가리지 않고

빵야 쾅! 쾅! 쾅! 쾅! 쾅!

장총을 든 빵야, 사방팔방 총구를 겨누며
"쾅!" 소리를 반복적으로 외친다.
놀란 나나, 빵야를 지켜보다가

나나 그만해.

빵야 쾅! 쾅! 쾅! 쾅! 쾅!

나나 그만해!

나나, 빵야의 장총을 붙잡는다.

빵야 쾅! 쾅! 쾅!

나나, 빵야의 얼굴을 잡고 버럭 소리를 지른다.

나나 그만해!

정신을 차린 빵야, 우두커니 나나를 본다.
나나, 빵야를 안아준다.
나나의 품에 안긴 빵야, 숨을 몰아쉰다.
나나, 빵야를 자리에 앉히고
이마에 맺힌 식은땀을 닦아준다.

나나 미안해.
오늘은 그만하자.

나나, 빵야를 눕힌다.
빵야, 몸을 웅크린다.

나나, 빵야의 굽은 등을 보다가 조용히 입을 연다.

나나 대본을 쓰기 위해서는
공부를 많이 해야 했습니다.
어려운 시대에 남을 위해서
더 나은 세상을 만들기 위해서
자신을 내던졌던 사람들이
생각보다 많았다는 사실에 놀랐습니다.
뿌듯하고 자랑스러웠습니다.
길남이와 선녀의 이야기는
그들에 대한 감동과 믿음으로
쓸 수 있었습니다.
기무라의 이야기를 쓸 때는
공부하기가 좀 힘들었습니다.
오로지 나 하나의 행복을 위해
더 갖고 더 누리기 위해
사적인 복수심이나 잘못된 신념으로
악랄하게 남을 괴롭히고 세상을 어지럽힌 자들,
치밀하고 지독한 악당들이
생각보다 많았습니다.

나나, 빵야를 돌아본다.

나나　그해 제주도에서 벌어졌던 일들은
예상했던 것보다 훨씬 끔찍했습니다.
사람의 탈을 쓴 잔인한 가해자들과
억울하게 죽어간 수많은 피해자들.
악랄한 폭력의 시대.
비극적인 공포의 시간.
과거의 비극을 소재로 이야기를 만드는 일에 대해서
다시 돌아보게 됩니다.
어떤 의미가 있을까?

나나, 일어선다.

나나　누군가 정색을 하며
비극적인 역사를 드라마로 재연해서 보여주는 일이
무슨 의미가 있죠? 물어온다면
기억하고 기록하고 증언하는 의미가 있다.
라고 답을 하게 될 것 같습니다.
솔직하게 고백하자면 그건 거짓말에 가깝습니다.
비극적인 역사를 되풀이하지 않기 위해
자랑스러운 역사를 기리고 새기기 위해
잊지 않기 위해, 기억하기 위해

이야기가 필요한 것이라고 답을 하겠지만
정말로 제가 그렇게 생각하고 있는지는
사실 저도 잘 모르겠습니다.
저를 지배하고 있는 솔직한 감정은
두려움입니다.
역사를 이야기로 쓸 자격에 대한 두려움.
나한테 기무라를 욕할 자격이 있을까?
선녀한테 감정을 이입할 자격이 있을까?
나는 기억하고 기록하고 증언하기 위해
이야기를 쓰고 있는 것일까?
나는 이야기를 쓰기 위해
이야기를 쓰고 있는 것이 아닐까?
나는 진심으로 함께 아파하고 있는 걸까?
이야기의 완성을 위해 그들의 고통을
내 마음대로 편집하고 있는 것은 아닌가?
물음표 하나가 정리되기도 전에
다른 물음표들이 꼬리를 물며 이어집니다.
고민이 깊어졌습니다.
써나가기 무척 힘겨웠습니다.
나는 쓸 자격이 있을까?
용기가 사라집니다.
대본의 성공을 위해 쓰고 있는 것은 아닐까?
작가적 욕심 때문에 쓰고 있는 것은 아닐까?

자격이 없다는 생각이 들어 괴롭습니다.
역사를 소재로 이야기를 만드는 일이
참 무서운 일이라는 생각을 일찍도 하고 있습니다.

나나, 웅크리고 앉는다.

나나 자주 악몽에 시달립니다.
불에 탄 새까만 입들이 귀를 깨뭅니다.
내가 쓴 등장인물들,
그들의 커다란 눈들이 나를 뚫어지게 봅니다.

나나, 한숨을 쉬며 객석을 본다.

나나 저는 쓰고 싶습니다.
성공하고 싶은 욕심 때문입니다.
돈을 벌어야 하기 때문입니다.
하지만 쓰는 일이 마냥 좋기 때문이기도 합니다.
역사를 살아가는 그들과
지금을 살아가는 내가 만나는 일입니다.
함께 이야기를 나누고 있다는 착각이 들 때
진심으로 행복합니다.
계속 쓰고 싶습니다.
일단 거짓말에 의지하기로 마음을 정리합니다.

기억하고 기록하고 증언하는 의미가 있다.
그런 의미 있는 작업을 하는 중이라고
스스로와 타협을 봅니다.

나나, 일어난다.

나나 제주도의 신출은 1950년 초, 지리산으로 갑니다.
청년방위대에 합류해 빨치산 토벌 작전에 투입됩니다.
곧 한국전쟁이 시작됩니다.
신출은 낙동강 전선으로 갑니다.
다부동에서 인민군의 폭탄을 맞고 죽습니다.
어렵게 어렵게, 그렇게 5부를 마무리합니다.
그의 장총은 이제 또 누구의 총이 될까요?

나나, 호흡을 고르며 누워 있는 빵야 옆에 앉는다.

나나 괜찮아?
빵야 …

나나, 불쑥 하늘을 향해 외친다.

나나 어떻게 하면 은하수를 끌어와서 무기를 씻을 수 있을까?
어떻게 해야 하늘에 있는 은하수를 끌어와서
칼과 방패와 창과 갑옷을 깨끗하게 씻을 수 있을까?
다시는 전쟁에 쓰이지 않도록 할 수 있을까?
어떻게 하면 은하수를 끌어와서 무기를 씻을 수 있을까?

빵야, 일어나 앉는다. 나나가 들고 있던 장총을 보다가
천천히 고개를 들어 하늘을 본다.

나나 1200년 전에 두보가 쓴 시래. 1200년 전에.

15

•

장총의 꿈
대본 회의

제작남 제작자 앞에서

나나 작품을 쓰는 자격에 대한 고민은

제작남 정말 배부른 고민입니다.

나나 그냥 묻어두기로 합니다.

제작남 대본 회의의 초점은

나나 뚜렷한 주인공 없이

제작남 여러 명이 끌고 가는

나나 옴니버스 방식의

제작남 문제점과 해결책으로 모아집니다.

나나 사실 영원한 영웅은 없었어요.
계속되는 비극이 있었죠.
비극을 만들거나
비극과 맞서는 인물들이
계속해서 나왔던 거죠.

배턴을 이어가는 릴레이 주자들처럼요.

제작남 그 배턴을 인물처럼 살려보죠.

나나 장총을 의인화시킨다고요?

제작남 장총이 인물처럼 등장하는 드라마.

나나 아무리 대중적 고리가 필요하다고 해도 그건 좀.

제작남 작가님이 부끄러워하는 지점이

감독녀 대중들이 환호하는 지점이 될 수도 있어요.

나나 인물로 만드는 건 아무래도 힘들 것 같아요.

제작남 캐릭터로 나오면 재밌을 것 같은데.

감독녀 내레이션 정도로 등장시키면 좋을 것 같아요.

나나 똑똑한 감독이 생겼습니다.

제작자의

제작남 동아리 후배랍니다.

감독녀 영화감독 출신입니다.

제작남 8부작 미니시리즈 연출 경험이 있어요.

나나 이름난 감독은 아니지만

제작남 추진력이 대단해요.

감독녀 편성되게 만들어야죠.

나나 대본은 어떻게 보셨어요?

감독녀 저는 재미없으면 안 해요.

나나 완전 마음에 듭니다.

감독녀 의미는 이미 충분해요.

재미를 조금만 보강하면 될 것 같아요.

나나 내 새끼 살려줄 믿음직한 의사처럼 보입니다.
아이를 안 낳아봤지만 확신할 수 있습니다.
작가한테 작품은 자기 새끼입니다.

감독녀 걸음이 좀 늦된 편이죠?

나나 지적하는 인간은 두고두고 원수가 되고

감독녀 발톱도 어쩜 이렇게 예뻐요?

나나 칭찬하는 사람은 평생의 은인이 됩니다.

감독녀 엄마의 마음을 사려면

나나 아이를 예뻐해주면 되는 것처럼

감독녀 작가의 마음을 얻으려면

나나 대본을 띄워주면 됩니다.

감독녀 장총한테도 꿈이 하나 있으면 어떨까요?

나나 수동적인 사물에서

감독녀 능동적인 캐릭터로 드라마에 개입하는 게 좋지 않을까요?

나나 확실히 재미를 아는 감독입니다.

제작남 어떻게든 편성이 되게 쓰셔야 됩니다!

감독녀 편성, 편성, 편성!

나나 작품을 쓸 자격에 대해 돌아볼 여유가 없습니다.
그런 고민을 하기에는 이미 늦었습니다.
앞만 보고 쓰는 길밖에는 없습니다.

나나, 빵야를 돌아본다.

빵야, 쭈그려 앉아 멍하니 하늘을 보고 있다.
장총을 내려다보며 조용히 입을 여는 빵야.

빵야 씻을 수 있을까?
피가 너무 많이 묻었어.

나나, 빵야 옆에 앉는다.

나나 빌라 옥상에서 밤하늘을 봅니다.
별을 찾기가 쉽지 않습니다.
빵야 은하수는 어디에 있는 거야?
나나 보자. 저기 저 어디쯤 있지 않을까?

빵야, 고개를 숙이며 한숨을 쉰다.

빵야 씻을 수 있을까?

나나, 빵야의 등을 쓸어준다.

나나 너무 힘들어하지 마.
다 너의 잘못이라고 생각하지 마.
마음속에 숨겨둔 사연들을
조금씩 조금씩 털어놓다 보면

은하수에 개운하게 목욕하는 날이 올 거야.

빵야, 지그시 하늘을 올려다본다.

나나 소원이 뭐야?

빵야 응?

나나 그때 그랬었잖아.
소원이 있다고. 비밀이라고.

빵야, 나나를 물끄러미 본다.

나나 왜?

빵야 몰랐어?

나나 응, 아직 말 안 해줬잖아?

빵야 너 진짜 둔한 애구나.

나나 응?

빵야 그렇게 힌트를 많이 줬는데 아직도 모르고 있었단 말이야?

나나 진짜? 언제? 모르겠는데?
미안.
좀 가르쳐주면 안 돼?

빵야, 장총을 내려다보며 휘파람을 분다.

살짝 부끄러운 미소를 짓는다.

빵야 악기.

나나 악기?

빵야 응.

나나 악기가 되는 게 소원이야?

빵야 그래, 내 꿈은 악기가 되는 거야.

나나 순간, 총기 전문가에게 들었던 말이 떠올랐어요.

나나, 장총을 들고 일어선다.
방아쇠 부분을 유심히 본다.

총기남 방아쇠가 굉장히 특이하네요.
원래 있던 게 떨어져서
다른 조각으로 용접을 한 거 같은데
이게, 무슨 악기 버튼 같기도 하고….

나나 작곡가 친구에게 사진을 찍어 보냈습니다.

작곡녀 호른.

나나 호른?

작곡녀 응, 다들 호른 밸브 같다는데?

나나, 방아쇠를 가리키며

나나 세상에.

장총의 방아쇠가 악기의 부품이었습니다.

나나, 빵야를 본다.

나나 빵야!

악기가 되고 싶은 장총!

빵야, 쑥스럽게 웃는다.

나나 악기가 되고 싶은 게

그때부터였니?

다시 호른이 되고 싶었던 거구나?

빵야 호른이 뭔지도 몰랐어.

철공소에서 급하게 붙인 거야.

박살 난 악기들이 쇠붙이들 속에 있었어.

나나 박살 난 악기들?

빵야 군악대라고 폭탄이 피해 가는 건 아니니까.

동식이도 그게 악기 조각인지는 몰랐을 거야.

나나 동식이?

빵야 보아라 부대.

나나 그 이야기를 쓰려면 아직 갈 길이 멉니다.

빵야 쾅! 쾅! 쾅!

나는 왜 이런 끔찍한 소리를 내는 총으로 만들어졌을까?

아주 조용하게 〈차이코프스키 심포니 5번〉 호른 솔로가 들려온다.

빵야 나도 고운 소리를 내는 악기로 만들어졌다면 얼마나 좋았을까?
나는 왜 하모니카가 아니라
바이올린이 아니라
피아노가 아니라
총으로 만들어진 걸까?

빵야, 나나를 응시한다.

빵야 내가 처음부터 총이었는 줄 알아?
나는 원래 나무였었어.
백두산 압록강 졸참나무.

나나, 장총의 나무 총대를 본다.

빵야 세상 도토리 중에서 가장 작고 못난 도토리를 낳아.
졸병 닮은 도토리. 그래서 이름도 졸참나무야.

하얀 산에 하늘 호수 눈 녹은 물로 꽃을 피우고
푸른 강이 거울처럼 얼어 비추면 열매를 낳았어.
졸병 닮은 도토리가 맛은 최고야.
멧돼지, 청솔모야, 실컷 먹으렴.
여기저기 똥으로 나올 씨앗들아, 땅을 믿으렴.
다리는 물길을 찾아서 더 깊이 깊이.
팔은 하늘을 향해서 더 높이 높이.
그 두 가지 생각만 하면 돼.
손은 더 밝은 곳을 향해서.
발은 더 어두운 곳을 향해서.
낮에는 바람이 다니는 길목이 되었어.
밤에는 은하수를 찾아 별 길을 더듬었어.
여름에는 버섯들의 마루가 되었어.
겨울에는 아랫목에 다람쥐를 재웠어.
그래, 나무.
나는 나무였었어.

빵야, 장총을 든다.

빵야 다시 나무가 될 수 없다면
어떻게 악기가 될 수는 없을까?
쾅!
어떻게 총이 악기가 되겠어?

쾅! 쾅!

이룰 수 없는 꿈을 꾼 거야.

쾅! 쾅! 쾅!

16

원고와 아미

6부 집필

나나 장총한테 악기가 되고 싶은 꿈을 주면 어떨까요?

악기를 꿈꾸는 총!

감독녀 쌈빡하긴 한데, 쉽지 않겠는데요?

무기가 어떻게 악기가 돼요?

나나 감독을 만나 6부 이후의 방향을 놓고 회의를 합니다.

감독녀 결국 악기가 되나요?

나나 아직 잘 모르겠어요.

감독녀 꿈으로 남는 건가요?

그래야 비극성이 살겠죠.

나나 써봐야 알 것 같아요.

감독녀 길남이 이야기에서 하모니카가 나오니까

나나 초반부에 복선을 한 번 찍어줬다고 보면

감독녀 이제 본격적으로 불을 붙여야겠네요.

나나 어떻게 될지

감독녀 정말 궁금하네요.

빵야, 나나를 향해 힘차게 외친다.

빵야 원교는 학도병!

나나 아미는 의용군!

빵야 동식이는 토벌대.

나나 설화는 빨치산.

감독녀 한국전쟁 기간에만

빵야 장총의 주인이

나나 네 명이나 바뀝니다.

감독녀 6, 7, 8부에

나나 네 명의 이야기를 압축시키는 게

감독녀 속도감도 살고 좋을 것 같아요.

나나 6부를

빵야 원교와 아미,

나나 두 인물을 묶어서 쓰기로 합니다.
학도병의 장총은

빵야 낙동강 전선에서

나나 서울 수복!
평양 탈환!

빵야 압록강까지 올라갔다가

나나 중공군 참전!

1·4 후퇴!

의용대의 장총이 되어

빵야 다시 지리산까지

나나 내려오게 됩니다.

원교와 국군 학도병들이 부르는 〈전우야 잘자라〉 들려온다.

원교 전우의 시체를 넘고 넘어 앞으로 앞으로

학도병들 낙동강아 잘 있거라 우리는 전진한다

아미와 인민군 의용대원들이 부르는 〈의용대의 노래〉 들려온다.

아미 반동의 시체를 넘고 넘어 앞으로 앞으로

의용대들 섬진강아 흘러가라 우리는 승리한다

음은 같은데 가사가 다른 노래를 목청껏 외치는
원교와 아미가 무대 양쪽에서 동시에 등장한다.

원교 원한 위에 피에 맺힌 적군을 무찌르고서

아미 원한 위에 피에 맺힌 반동을 무찌르고서

원교 꽃잎처럼 사라져간 전우야 잘 자라

아미 꽃잎처럼 피어나는 혁명의 깃발이여

둘의 노래가 괴이하게 섞이며 그악스러운 소음이 된다.

나나 장총의 주인

그 여섯 번째와

빵야 일곱 번째 주인공은

나나 국군 학도병,

원교 이원교.

빵야 인민군 의용대,

아미 조아미.

열여덟 원교와

원교 스물둘 아미는

나나 종로 익선동에서 나고 자랐다.

원교 옆집 누나!

나나 옆집 동생!

빵야 증조할아버지

아미 평양 조씨와

원교 경주 이씨는

나나 나란히 조정에 등청한 성균관 동기.

빵야 우정이 남달랐어.

아미 조씨가 살던 익선동에

원교 이씨가 바로 옆집으로

나나 이사를 오면서

빵야 담장을 없애버렸어.

나나 둘은 집과 집 사이에 있던 돌담을 허물고

빵야 담이 있던 자리에 꽃나무를 심었어.

나나 꽃나무 담!

빵야 대나무 지지대로 틀을 만들고

나나 봉선화, 패랭이, 붓꽃을 심었어.

빵야 한 해, 두 해,

나나 공들여 새로 심은

빵야 나무와 꽃들이 울창해져갔어.

아미 오색 꽃들 사이사이 나비들이 너울거렸고

원교 박새들이 푸른 나무집에 하얀 알을 낳았어.

나나 사람들은 둘을

빵야 꽃담의 친구,

나나 화원지우라고 불렀어.

빵야 아미는 조씨의

나나 아들의 아들의

아미 딸로

빵야 원교는 이씨의

나나 아들의 아들의

원교 아들로 태어났어.

나나 둘이 태어난

아미 1929년과

원교 1933년에도

나나 꽃나무 담은

빵야 그대로 있었지만

나나 아미의 아버지가

아미 독립운동을 시작하면서

빵야 원교의 아버지가

원교 총독부 관리가 되면서

나나 아미의 집은

아미 갈수록 가난해졌고

빵야 원교의 집은

원교 나날이 번창했어.

나나 내 집 네 집 따지지 않고

빵야 이 마당 저 마당 할 것 없이

나나 꽃나무 사이를 쑥쑥 오가던

빵야 아이들의 꽃담은

나나 원교의 아버지가

빵야 집을 새로 짓기로 하면서

나나 허물어졌어.

빵야 옆집 마당을 통째로 사버린

나나 원교의 아버지는

빵야 꽃담을 허물고

나나 커다란 양옥을 올렸어.

빵야 두 집 사이에는

나나 높다란 벽돌담이 세워졌어.

빵야 원교와 아미의 마음도

나나 담장의 색깔만큼

빵야 어두워졌어.

피아노 소리, 아주 조용히 들려온다.

나나 음대에 다니던 아미가

빵야 음대에 가려는 원교한테

나나 피아노를 가르치는 시간이

빵야 둘이 몰래 만나지 않아도 되는

나나 유일한 시간이 되었어.

원교 누나는 손이 참 예뻐요.

아미 너도 손이 참 예뻐.

아주 조용히 들려오던 피아노 소리가 사라진다.

빵야 집안 어른들의 사이가 얼음장처럼 차가워질수록

나나 담장을 넘나들던 둘의 마음도 점점 사그라들었어.

빵야 우익 관료였던 원교의 아버지가

나나 좌파 조직원에게

빵야 쾅!

나나 목숨을 잃었어.

빵야 좌익 인사였던 아미의 아버지는

나나 극우 청년단에게

빵야 쾅!

나나 암살을 당했어.

빵야 집안이 원수가 되면서

나나 원교와 아미도 등을 돌리게 됐어. 그리고

빵야 전쟁이 터졌어.

나나 고등학생 원교는

원교 국군 학도병이 됐어!

나나 대학생 아미는

아미 인민군 의용대가 됐어!

빵야 쾅! 쾅! 쾅!

나나 무지막지한 낙동강 전선!

원교 참호 속에서 정신을 잃었어.

나나 총을 잃어버린 원교.

빵야 시체 더미에서 허겁지겁 집어 든 총이

나나 조금 전에 죽은 신출의 장총.

원교 그 지옥에서 겨우 살아났어.

나나 원교는 북진 대열에 합류했다.

원교 평양 지나서 압록강 앞까지 갔어!

나나 물밀듯이 밀고 내려오는 중공군들.

빵야 무지막지한 인해전술.

원교 중대가 완전히 포위됐어.

나나 폐교에 갇힌 원교와 부대원들은

빵야 쾅!

나나 전원 몰살됐다.

원교 그래, 모두 죽었어. 나도 죽었어.

빵야 보름 후

나나 중공군이 휩쓸고 지나간 전선을

빵야 뒤따라 남하하는 인민군 선전부대.

나나 숙영을 위해 폐교에 진을 친다.

빵야 아미의 부대였어.

나나 신 48.

교실로 들어선 아미, 시체들을 본다.

너부러져 썩어가는 학도병들.

익숙한 광경이라 별로 놀라지 않는다.

아미, 칠판을 돌아본다.

분필로 쓴 여러 사람의 글씨를 본다.

포위된 학도병들이 죽기 직전에 남긴 흔적이다.

칠판에 쓴 학도병들의 글씨가 소리와 함께 자막으로 떠오른다.

학도병1 보고 싶어요

학도병2 어머니

학도병3 미안하다

학도병4 사랑합니다

원교 누나

나나 무덤덤한 표정으로 글씨를 보던 아미, 돌아서는데
창가에 놓인 풍금이 보인다.

희미하게 피아노 소리가 들려온다.

나나 교복을 입은 병사, 건반에 엎드려 죽어 있다.
원교라고 알아보기 힘들다.
사람의 형체만 남아 있다.
아미, 물끄러미 시체를 본다.
아미, 천천히 시체 앞으로 걸어간다.

피아노 소리, 커진다.
아미, 원교의 시체를 발로 밀치고
시체 밑에 놓여 있던 장총을 집어 든다.
피아노 소리, 사라진다.

빵야 원교라는 걸 몰랐어.
나나 원교의 장총은 이제 아미의 총이 되었다.
빵야 선전대에는 총이 없는 대원들이 많았어.
나나 총이 생긴 아미는
아미 전투부대에 지원했어!
빵야 쾅!
아미 인민군 유격대 제6지대 소속!

빵야 후방 유격전에 투입.

아미 소백산맥에서 낙오!

빵야 이현상 부대.

아미 남부군에 합류!

빵야 지리산으로 이동.

나나 혹독한 빨치산 생활.

아미 지독하게 춥고!

빵야 지독하게 배고프게

아미 쫓기고 또 쫓기다가!

나나 1952년 11월,

빵야 쾅!

나나 토벌대의 기습이었다.

빵야 쾅!

아미 방아쇠를 당기는 순간!

빵야 손가락에 총을 맞았어.

나나 저만치 눈밭 위에 떨어진 손가락.

빵야 방아쇠에 달라붙어 잘려나간 손가락.

나나 동상에 걸려 꽁꽁 얼어버린!

아미 시커먼 저 손가락.

원교 누나는 손이 참 예뻐요.

나나 불쑥 그 목소리가 들려오는 순간이었다.

빵야 쾅!

17

•

동식과 설화

7, 8부 집필

커다란 지게를 진 동식, 숨을 몰아쉬며 무대에 등장한다.

나나 장총의 주인
그 여덟 번째 주인공은

빵야 반동식.

나나 나이 스물일곱.

빵야 강원도 철원에서 태어나

나나 인민군에 소총수로 입대.

빵야 낙동강 퇴각 길에

나나 미군 탱크 부대에 막혀서

빵야 낙오병들과 지리산 입산.

나나 남부군 소대장으로 활동하던 중

빵야 중대장과 부대원들을 사살하고

나나 토벌대에 귀순.

빵야 처음에는 지게병으로 활동했어.
나나 탄약이나 밥을 지게에 싣고 올라가서
빵야 시체를 지고 내려오는 일이었어.

바닥에 놓인 장총을 발견한 동식, 지게를 내려놓고 장총을 든다.

나나 죽은 아미의 총은
빵야 동식이의 총이 되었어.

흡족한 얼굴로 장총을 살펴보던 동식, 방아쇠가 없는 것을 발견한다.

나나 동식은 방아쇠가 날아간 아미의 총을 들고
빵야 토벌대 철공소를 찾아갔어.
나나 수리병이 적당한 쇠붙이 하나를 찾아
빵야 급하게 용접을 했어.
나나 그것이 호른의 밸브였다는 사실은 아무도 몰랐다.
빵야 딸깍, 딸깍, 딸깍.
동식 뭐에 쓰던 거였는지 몰라도 이거 정말 감쪽같구만.
나나 악기의 음역을 조절하던 밸브가
빵야 장총의 방아쇠가 되었어.

콰!

나나 총이 생긴 동식은 토벌대장을 찾아갔다.

토벌대장 산을 잘 아는 빨치산 출신들을 모아서?

동식 부대를 만들어버리면 어떻겠습니까?

토벌대장 상식을 깨버리는

동식 기가 막히는

토벌대장 구또 아이디아!

나나 빨치산 출신들로 만든

토벌대장 빨갱이 잡는 특수부대.

빵야 이름하여!

토벌대장 보아라 부대!

동식과 부대원들, 토벌대 군복을 벗고 땟국에 절은 인민군 군복을 입으며
경직된 율동과 함께 과장된 표정으로 〈보아라 부대가〉를 부른다.

동식 보아라 보아라

부대원들 우리를 보아라

동식 의심 많은 토벌대도

부대원들 숨어 있는 빨갱이도

동식 보아라 두고 보아라

부대원들 토벌의 선봉대

동식 보아라 부대

동식의 수신호와 동시에 노래를 멈추며 경계 자세를 취하는 부대원들.

나나 그들은 귀순할 때 입었던 군복으로 갈아입고 작전에 나섰다.

빵야 빨치산 모습을 하고

나나 빨치산의 전법으로

동식 빨치산 아지트를 기습했어.

빵야 쾅!

제작남 좋은 소식이 있어요!

나나 7부가 끝나갈 무렵,

제작남 다음 달 중순까지는 마무리를 해주셔야 해요.

나나 방송사 한 곳에서 살짝 입질이 왔다고 합니다.

제작남 정말 어렵게 만든 기회예요.

나나 방송사 드라마국의

제작남 기획팀장과 기획피디들의

나나 취미와 취향을 따라

제작남 골프, 낚시, 등산, 바둑

나나 아침에는

제작남 북한산으로

나나 점심에는

제작남 골프장으로

나나 저녁에는

제작남 술집으로

나나 여기저기

제작남 진짜 열심히 다녔어요.

나나 심장이 쫄깃해집니다.

제작남 일정을 무조건 그쪽에 맞춰야 돼요.

나나 보름 동안에 8부 대본과

제작남 24부까지의 트리트먼트를

나나 집필해야 하는 일정입니다.

설화가 혼자 부르는 〈적기가〉 들려온다.

설화 민중의 기 붉은기는 전사의 시체를 싼다
시체가 식어 굳기 전에 혈조는 깃발을 물들인다
높이 들어라 붉은 깃발을 그 밑에서 굳게 맹세해
비겁한 자야 갈 테면 가라 우리들은 붉은기를 지키리라

얼굴이 부르튼 설화가 등장한다. 눈빛이 깊고 서늘하다.

나나 장총의 주인
아홉 번째 주인공은

빵야 열다섯 살의

나나 빨치산 소녀,

빵야 지설화.

나나 1952년 겨울

빵야 지리산 뱀사골.

나나 동식과 보아라 부대원 30명은

빵야 산등성이를 넘어

나나 골짜기를

빵야 훑어 내려가고 있었어.

나나 누구냐?

빵야 비슷한 규모의 빨치산 부대와 마주쳤어.

나나 어느 부대 소속이오?

동식 남부군 803연대 소속이오.

빵야 작전 중이라는 거짓말.

동식 물까지 얻어 마셨어.

나나 동식은 빨치산들의 눈치를 살피면서

동식 대원들과 눈빛을 주고받았어.

나나 동식이 수통을 건네며

빵야 장총을 들어 올리려던 그 순간.

나나 쾅!

빵야 설화는 조금도 망설이지 않았어.

나나 건너편 등성이에 매복해 있던

빵야 설화의 돌격대였어.

설화 반동식!

나나 중대장을 죽인 배신자의 얼굴.

설화 어떻게 잊어!

나나 잠든 설화를 욕보이려다

빵야 발각이 돼서

나나 정신없이 총을 갈기고

빵야 도망을 갔던

설화 반동의 배신자!

빵야 설화의 돌격대는 동식의 부대를 몰살시켰어.

나나 설화는 동식의 얼굴에 침을 뱉고

빵야 장총을 집어 들었어.

나나 녹슬어가던 자신의 소총은

빵야 세 살 아래 소년병한테 줬어.

나나 열다섯부터 열둘까지의

빵야 아이들.

빵야 설화의 부대는

나나 소년돌격대라고 불렸어.

빵야 쾅!

나나 1948년 여순사건 때

빵야 부모 같은 오빠를

나나 처참하게 잃었어.

빵야 죽는 날까지

설화 복수, 복수, 복수!

빵야 굳게 다짐했어.

나나 쫓기는 반란군들을 따라서 산으로 갔어.

빵야 열한 살 때였어.

나나 빨치산이 된 지 어언 4년.

빵야 어른들보다도 훨씬 고참이야.

나나 산에는 부모를 따라 입산한 아이들이 많았다.
시간이 갈수록

빵야 부모를 잃은 아이들이 늘어났다.

나나 궁지에 몰린 어른들은 아이들로 부대를 만들었다.

빵야 복수심으로 똘똘 뭉친 아이들이었어.

나나 돌격대장 설화는 이 산 저 산을

빵야 아주 껑충껑충 날아다녔어.

나나 산과 함께 자란 소녀.

빵야 늑대야, 늑대.

나나 야전에 길든 늑대 소녀.

빵야 특히 귀가 무진장 좋았어.

설화 쉿!

나나 낙엽이 바스락거리는 소리만으로

빵야 토벌대 군화와

나나 빨치산 헌신을 구별할 수 있었다.

빵야 쾅!

나나 토벌대의 집요한 추격에도

설화 쉿!

빵야　그 밝은 귀 덕분에

나나　살아남을 수 있었다.

1953년 여름!

빵야　전쟁이 끝났어!

나나　설화는

설화　전쟁이 끝난 줄도 몰랐어.

빵야　그 모진 겨울이 가고

나나　이듬해 봄이 됐을 때

설화　옆에 아무도 없었어.

나나　설화 곁에는 아무도 남아 있지 않았다.

설화　먹을 것도 없었어.

나나　비트에 홀로 남은 설화는 석 달째 버티고 있었다.

빵야　지리산 토끼봉!

군악단의 연주곡이 들려온다.

빵야　고만고만한 선무방송이 아니었어.

나나　대규모 악대가 동원됐다.

귀순을 유혹하는 달콤한 음악이었다.

빵야　골짜기 골짜기 울려 퍼지는

나나　군악대의 힘찬 연주 소리.

빵야　온몸이 떨려왔어.

온몸이 반응하고 있었어.

요란한 연주곡이 조용한 흐른 독주곡으로 변한다.

빵야 그때 알았어.
방아쇠가 바로 저 소리를 내는 악기였구나.
뱃고동 소리? 바람 소리?
저 멀리 멀리 떠나는 소리.
저 멀리에서 밀려오는 소리.
그곳과 여기가 닿고 싶은 소리?
슬픈 소리였어.
악기들의 마음을 들을 수 있었어.
산을 향해서
숨어 있는 빨치산을 향해서
죽어가는 적을 향해서
음악을 대포처럼 쏘는 자들은
그 음악이 폭탄처럼 힘이 있는 소리라 믿었지만
그 음악이 무기가 될 수 있다고 믿었지만
악기들이 억지로 내는 소리라는 걸 모르고 있었어.
나는 들었어.
악기들은 눈을 질끈 감고
귀를 틀어막고
영문을 모른 척
고함을 내지르고 있었지만
사실은 그 막막한 산을 향해서 통곡하고 있었어.

호른은 조용히 울고 있었어.
골짜기 골짜기를 향해 흐느끼고 있었어.
음악을 대포처럼 쏘는 자들은
악기의 진짜 노래를 들을 수 없었어.
악기들이 산을 향해
통곡하고 있었어.

나나 설화는

설화 아무 소리도 들을 수 없었어.

나나 포탄의 폭음에 고막이 찢긴 지 오래였다.

비트 안에 누운 설화는 총구를 턱에 대고
손가락을 방아쇠로 가져갔다.
설화는 호른의 밸브를 눌렀다.

빵야 철컥.

나나 설화는 방아쇠가 된 악기를 눌렀다.

빵야 철컥.

나나 연이은 불발이었다.

빵야 살리고 싶었어!
어떻게든 살리고 싶었어.
살려서 살려서 내려보내고 싶었어.
나는 온 힘을 다해 버텼어.

나나 설화는 다시 방아쇠를 눌렀다.

빵야 …

나나 쾅!

빵야 …

나나 죽은 설화는 좋았다.

드디어 그 노래를 실컷 부를 수 있었다.

노래를 부르며 산등성이를 넘실넘실 넘어갔다.

어린 설화는 그 노래를 정말 좋아했었다.

오빠의 축음기에서 나오던 그 노래.

행군 중에 자기도 모르게 흥얼거리게 되던 노래.

혹독한 자아비판을 하게 만들었던 바로 그 노래.

부르고 싶어도 부르지 못했던 노래.

고귀한 인민의 혁명 정신에 반하는

썩어 빠진 부르주아 노래라서

부르지 않았던 그 노래.

그 노래를 시원하게 불러 젖히며

껑충껑충 지리산 고개를 넘어갔다.

설화 오빠는 풍각쟁이야 머

오빠는 심술쟁이야 머

난 몰라 난 몰라

내 반찬 다 뺏어 먹는 건 난 몰라

오빠는 트집쟁이야 머

오빠는 심술쟁이야 머

난 실여 난 실여

오빠는 트집쟁이야

설화, 천진난만한 표정으로 율동과 함께 〈오빠는 풍각쟁이야〉를 부른다.
앳되고 앳된 어린아이이다.

18

장총 80년사

최종 트리트먼트 작성

나나 8부까지 대본 집필을 마쳤습니다.
이제 9부부터 24부까지의 트리트먼트를 작성해야 합니다.
남은 시간은 3일.

우두커니 앉아 있던 빵야,
바닥에 저만치 놓여 있던 장총을 본다.

빵야 기무라, 길남이, 선녀, 무근이, 신출이, 원교, 아미, 동식이, 설화.
일본군, 팔로군, 경비대, 청년단, 학도병, 의용대, 토벌대, 돌격대.
많이도 죽었어.
많이도 죽였어.

빵야, 한숨을 쉬며 고개를 흔든다.

나나 전쟁이 끝났지만 장총의 삶은 다시 이어졌습니다.
1956년 여름,

빵야 지리산 심마니 천삼랑.

나나 설화의 백골 옆에 놓인 장총과 탄환을 발견합니다.

빵야 그 이듬해.

나나 심마니는 쌀 한 가마니 값인 2만 환을 받고
사냥꾼 백대식에게 장총을 팝니다.

빵야 쾅!

나나 장총은 야생동물 사냥에 이용됩니다.
박제로, 보약으로, 음식으로 쓸 수많은 짐승들을
겨누면서

빵야 60년대를 보냈어.

나나 사냥꾼의 아들은 출소 후에

빵야 포경선을 탔어.

나나 70년대는

빵야 고래사냥!

나나 백경호는 장총을 들고 고래를 쏩니다.

빵야 쾅!

나나 사냥꾼의 총이 되어

빵야 노루를 겨눴어.

나나 포경꾼의 총이 되어

빵야 고래를 쐈어.

나나 도박꾼이 된 포경꾼이 장총을 도박판의 판돈으로 내놓으면서

장총은 전혀 뜻밖의 방향으로 흘러갑니다.

빵야 건설업자 이종득

나나 도박판에서 딴 장총을

빵야 건설사 박 회장한테

나나 하청 로비용으로 선물합니다.

빵야 80년대 후반.

나나 박 회장의 별장.

빵야 비서가 회장 앞에 장총을 내려놨어.

나나 회장은 감회에 젖은 얼굴로 중얼거렸어.

기무라 오! 아리사카!

나나 박만대 회장님.

기무라 이건 99식이야.

빵야 기무라였어.

기무라 옛날 생각이 새록새록 나는군.

빵야 박물관으로 보낼까요?

기무라 이조 백자랑 맥아더 지휘봉 사이에 놔.

나나 골동품 수집가였던 기무라는

빵야 별장 지하실에 개인 박물관이 있었어.

나나 6·25 전쟁 영웅으로

빵야 3공과 4공에서

나나 군부 요직을 두루 섭렵하고

빵야 5공과 6공에서

나나 후배들이 팍팍 밀어주는 가운데

빵야 사업가로 승승장구!

나나 계열사도 쫙쫙 늘어나

빵야 큰아들은 무역업

나나 작은아들은 금융업

빵야 큰딸은 백화점

나나 작은딸은 호텔

빵야 막내딸 루시 박은

나나 화류계의 큰손.

빵야 80년대 후반.

나나 루시 박의 내연남이던

강한민 강한민입니다.

나나 배우 출신의 영화 제작자.

강한민 누나, 저 총 느낌 있는데?

나나 자신이 주인공으로 출연하는

빵야 영화의 소품으로

강한민 딱인데, 딱!

나나 박 회장의 박물관에 있던 장총은

빵야 영화 촬영장으로 갔어.

나나 첫 영화 제목이

빵야 〈삼팔선 연가〉.

나나 국군과 인민군의 사랑 이야기.

빵야 기무라가

나나 국방부 장관으로

기무라 특별출연까지 했는데!

빵야 영화를 찍던 도중에

나나 주인공 강한민이

강한민 여배우랑 바람이 나서

빵야 줄행랑을 쳤어.

나나 프로덕션이 개판이 되면서 장총은

빵야 중간에 붕 떠버렸어.

나나 그 후 장총은 대여업자의 소품이 되어

빵야 90년대 내내 촬영장에서 살았어.

나나 새천년이 온 이후로도

빵야 수많은 드라마와 뮤직비디오에 출연.

나나 쉬는 날이 없었다.

빵야 컷! 컷! 컷!

정말 너무들 했어.

쾅! 쾅! 쾅!

하루에도 몇 번씩 쏴댔어.

그만! 그만 좀 괴롭혀!

정말 많이도 찍었어.

〈야망의 전투〉, 〈마지막 용사〉, 〈피의 계곡〉.

일본군, 국방군, 인민군.

만주, 낙동강, 지리산.
그 굴레를 또, 또, 또!
벗어날 수가 없었어.
컷, 컷, 컷!
제대로나 찍으면 모를까!
순 엉터리!
전쟁을 팔아먹는 수많은 이야기.
아픔을 팔아먹는 수많은 거짓말.
카우보이 총이 돼서 원주민을 쐈어.
에일리언 총이 돼서 우주인을 쐈어.
해도 해도 너무하잖아?
어제는 은행 강도, 오늘은 탈영병.
총이 필요한 온갖 무대에
노예처럼 끌려다녔어.
내일은 어디?
베트콩 총이래!
그만 좀 찍어라.
그만 좀 찍어!
언제면 끝날까?
이놈의 전쟁판!

빵야, 거칠게 숨을 몰아쉬며 자조적으로 웃는다.

빵야 공포탄 가스에 온몸이 삭아버렸어.
덕지덕지 화약 찌꺼기에
숨통이 막혀버렸어.

나나 그 지경이 되어서도 고단한 장총의 여정은

빵야 끝나지 않았어.

나나 2017년이 되어서야 쉴 수 있게 됩니다.

빵야 〈영원한 전쟁〉이 마지막 작품이었어.

나나 대규모 역사 뮤지컬.
극장 소품팀의 실수.

빵야 얼마나 고마웠는지 몰라.

나나 목록에서 누락된 장총은

빵야 그 창고로 가게 된 거야.

나나 막걸리 할아버지의 소품 창고로 오게 됐다.

빵야 늙고 늙어서

나나 낡디 낡아서

빵야 한 자루 없어져도

나나 아무도 모르는 몸이 되어서야

빵야 아무도 찾지 않는 곳에

나나 누울 수 있게 되었다.

빵야, 바닥에 대자로 눕는다.
팔베개를 하고 나나를 본다.

빵야 피아노 위에

기타 옆에 있게 됐는데

얼마나 기분이 좋던지!

영창 피아노 아줌마는

좀 수다스럽긴 해도

이야기가 아주 재밌어.

주인이 학원을 했었는데

아이들한테 피아노 가르치는 이야기를

진짜 실감 나게 해.

세고비아 기타 아저씨는 좀 안 됐어.

주인이 가수가 그렇게 되고 싶었대.

그런데 가난해도 너무 가난했나 봐.

매끼를 삼양라면 한 봉으로 버티는데

기타 줄이 하나라도 끊어지면 한 끼를 굶어야 하는 거야.

혹시라도 끊어질까 봐 울림통을 조심조심 울렸다는 얘기를 자주 해.

실컷 한번 못 흔들어줬던 게

그게 그렇게 한이 됐대.

나는 이야기를 잘 안 해.

끔찍하잖아.

그래서 주로 들어.

악기들 이야기는 대부분 고와.

아무리 험한 시절 이야기가 나와도
그래도 선해. 여려. 맑아.
하긴,
악기로 사람을 죽일 수는 없으니까.

빵야의 뒤에서 잠자코 듣던 나나, 아무도 모르게 눈물을 닦는다.

빵야 고생했어!
고마워.
내 이야기 들어줘서.

19

•

240억
편성 회의

나나 이제 장총의 이야기는
8부까지의 대본과
전체 트리트먼트에 담겨서
가혹한 시험대로 갑니다.
과연 나나가 쓴 24부작 드라마는
시청자들과 만날 수 있게 될까요?

나나와 빵야, 스크린을 통해 방송사의 편성 회의 실황을 본다.
기대와 불안이 섞인 긴장된 얼굴로 숨죽여 지켜본다.

편성녀2 캐스팅이 문제긴 하네요.
편성남1 이런 콘셉트가 처음이긴 하죠.
편성남2 배우들이 붙겠어?
편성녀3 신인급들로 어떻게 잘 모으면 되지 않을까요?

편성남1 신선하고 좋을 것 같기도 해요.

편성녀1 주연급이 없는데 누가 광고를 줘?

편성남2 버짓이 이렇게 큰데 메인 캐릭터가 없다?

편성녀2 걱정이 되긴 해요.

편성녀1 스타가 없는데 누가 투자를 해?

편성남2 새로움이고 뭐고.

편성녀3 현실의 문제는 있죠.

편성녀1 도전, 실험, 의미?

편성녀2 참 달달한 말이죠.

편성남2 신선하긴 하더라.

편성남1 나는 울 뻔했는데.

편성녀3 감동적인 요소야 있지.

편성녀1 일단 내용적인 문제를 살펴볼까?

편성녀2 조선인 장교라는 게 좀 이상해.

편성남2 그냥 일본 놈으로 가면 안 되나?

편성녀3 그게 더 심플할 거 같긴 하네요.

편성녀1 애초에 일본이 만든 총이니까

편성녀2 첫 번째 주인은 일본 놈으로 가는 게 맞다?

편성남2 일리가 있어요.

편성녀1 괜히 민감한 지점 건드려서 좋을 게 없어.

편성남2 복잡하게 말려들면 골치 아파져.

편성녀1 그냥 일본 놈은 나쁜 놈

편성녀2 찍어놓고 출발하는 게

편성녀3 명확하긴 하네요.

편성남1 조선인 장교라는 게 더 비극적이잖아요?

편성녀1 왜?

편성남1 조선 놈이냐,

편성남2 일본 놈이냐,

편성녀2 기무라의 정체성을 두고

편성녀3 한참 진을 뺀 다음,

편성녀1 다음은 선녀의 사상 검증.

편성남2 왜 하필 팔로군이야?

편성녀1 팔로군은 공산당 군대.

편성녀2 광복군으로 바꾸는 게 좋아.

편성남1 그 시기 만주에는 광복군이 있을 수가 없는데.

편성녀3 길남이를 발견하는 동선도 힘들어져요.

편성녀1 길을 찾아야지.

편성남2 고증이 그렇게 중요해?

편성녀2 아무튼 공산당은 좀.

편성녀3 그냥 독립군 정도면 되죠.

편성녀2 길남이가 살아서 선녀를 만나면 좋을 것 같은데.

편성녀3 선녀가 극적으로 구출한다?

편성녀1 길남이와 선녀가 사랑에 빠져서

편성녀2 둘이 함께 귀국선에 올라도 좋을 것 같은데.

편성남1 근데 살구가 개가 아니면 어떨까?

편성남2 그래, 드라마에서 개를 어떻게 보여줘?

편성녀1 보여줄 수야 있어도

편성남1 한계가 있어요.

편성녀2 암튼 대본이 너무 문학적이야.

편성녀1 하여튼 길남이가 죽으면 안 돼.

편성남2 끝까지 살려야지.

편성녀2 죽여도 마지막 회에서 죽여야지.

편성남1 살구는 개가 아니라 사람이어야 돼.

편성남2 개가 아니라 여자여야 돼.

편성녀3 길남이의 첫사랑?

편성녀1 빙고!

편성남1 장총이 악기가 되고 싶다는 설정은 어때요?

편성남2 드라마가 시도 아니고

편성녀3 영 이상하던데.

편성녀2 나는 좋던데.

편성녀1 폭발성이 없어.

편성남2 피상적인 내레이션으로만 나와서

편성녀1 휘발성이 없으니까

편성녀3 불이 안 붙어요.

편성남2 장총이 총이니까

편성녀2 누군가를 죽이고 싶은 복수를 꿈꿔도 좋을 것 같은데.

편성남2 내 말이.

편성녀2 원고랑 아미를 봐도 그래요.

편성녀3 둘이 죽기 전에 재회를 했으면 좋겠는데.

편성남1 교실 칠판에 더 감동적인 문구가 있고.

편성남2 그걸 보고 아미가 알아봐야지.

편성녀1 그래야 드라마지.

편성남1 팀장님 오십니다.

팀장남 역사? 의미? 장난해?

회당 최소 25억이야.

600억짜리 버짓인데,

돈은 누가 끌어올 건데?

편성녀1 제작비는

편성남1 광고와

편성녀2 협찬과

편성남2 투자로 확보.

편성녀3 누가 출연하느냐가

편성녀1 가장 중요한 핵심.

팀장남 나라고 하고 싶은 이야기가 없을 것 같아?

편성녀1 하고 싶은 드라마를

편성녀2 할 수 있는 기획자가

편성남1 몇이나 될까?

빵야, 우두커니 스크린을 지켜본다.

나나, 빵야를 보며 겸연쩍게 웃는다.

나나 사실 저 회의는 저의 상상입니다.

저는 저들 사이에 어떤 말들이 오고 갔는지

알지 못합니다.

대강 짐작을 할 뿐입니다.

제작남 아직 포기하긴 일러요.

이번에는 제 말 무조건 들으세요.

나나 편성 회의에서 나온 제안대로

대본을 대폭 수정했습니다.

주어진 한 달 동안 미친 듯이 매달려서 고쳤습니다.

기무라의 소원이 이루어졌습니다.

일본인이 되었습니다.

길남이와 선녀도 연인이 됩니다.

무근이는 어머니와 함께 울면서 시레이션을 먹습니다.

원교와 아미도 죽기 전에 다시 만납니다.

설화는 군악대의 연주에 감동해 귀순을 합니다.

사실 어떻게 무슨 정신으로 수정을 했는지

저도 잘 모르는 그런 시간이 흘러갔습니다.

앞뒤 없이 막 고쳤습니다.

제작남 MBS, KBC, SBC, 모두

나나 꽝!

제작남 TVM, JTBS, TV동아, 채널C, 모두 모두

나나 꽝꽝!

제작남 넷플라마, 웨이무비 같은 플랫폼 제작사들도

나나 꽝꽝꽝!

팀장남 70점이면 족해!

편성녀1 100점 노리다가

편성남2 30점 맞으면

팀장남 누가 책임질 건데?

편성녀1 꼭 버디 노리다가

편성녀2 파도 못하고

편성남2 보기를 하더라고요.

팀장남 자, 다음 작품!

제작남 모험이 끝났네요!

나나 항해가 끝났습니다.

제작남 보물섬이 아니라

나나 무인도네요!

20

·

멈춘 이야기

대본 정리

나나	길고 길었던 모험이 실패했습니다. 이후에도 눈물겨운 노력들이 있었지만 구구절절 떠올리기는 싫습니다.
제작남	스타스박스에서 연락이 왔네요.
나나	우리나라에서
제작남	가장 큰 제작사입니다.
편성왕	원작을 사고 싶습니다.
나나	대본의 판권을 팔라는 제안입니다.
제작남	소설을 드라마로 만들 때
편성왕	원작 소설의 판권을 사는 것처럼
나나	제가 쓴 대본을
편성왕	원작으로 쓰겠다는 제안입니다.
나나	8부까지의 대본과 전체 트리트먼트를 파는 조건으로

편성왕 제시한 액수가

나나 꽤 큽니다.

편성왕 오케이하시면

제작남 저와 작가님이

나나 반반씩

제작남 수익을 나누게 됩니다.

편성왕 소재가 신선합니다.
참신한 기획이 될 수 있겠다는 판단입니다.
주인공이 계속 바뀌는 단점을 극복하는 게 과제입니다.
일인 다역의 가능성을 적극적으로 검토 중입니다.
이를테면 길남이를 했던 배우가 무근이 역할도 하는 거죠.
선녀를 했던 배우가 아미와 설화로도 나오는 콘셉트.
문제는 대본입니다.
이야기가 진부합니다.
특히 구성력과 대사가 트렌드에 많이 뒤처집니다.
좋은 정서를 가진 대본이지만
대중적 인기를 얻는 데는 한계가 있습니다.
작가님의 원작을 사서
새로운 작가에게 맡길 예정입니다.

나나 제가 계속 쓰면 안 될까요?

편성왕 네.

나나 혹시…

공동집필이라도 안 될까요?

편성왕 저희가 원하는 작가님이 원치 않으십니다.

나나 …

제작남 괜찮으세요?

감독녀 힘내세요, 작가님.

제작남 원작료 받고 깔끔하게

감독녀 털어버리는 것도 방법이긴 해요.

나나 액수가 많긴 많네요.

제작남 결정하셨어요?

나나 일주일 고민 끝에

제작남 괜찮습니다.

나나 죄송합니다.

제작남 제가 독립영화는 못하지만

양아치는 아닙니다.

편성왕 아쉽네요.

나나, 바닥에 눕는다.

몸을 웅크린다.

장총을 들고 구석에 앉아 있던 빵야,

안쓰러운 눈빛으로 나나를 본다.

빵야 괜찮아?

나나, 천천히 일어나 앉는다.

나나 보름 만에 자리에서 일어났습니다.

빵야 잘 잤어?

나나, 빵야를 보며 고개를 끄덕인다.

빵야 이제 안 써도 되는 거야?

나나 …

빵야 미안해!
괜히 나 같은 걸 골라서 고생만 했잖아?
근데, 그냥 끝까지 쓰면 안 되는 거야?

나나, 씁쓸한 미소.

나나 2부까지만, 4부까지만 쓴 대본이 많아.
트리트먼트에서 머문 이야기들도 많아.
시놉시스에서 멈춘 이야기들도 많아.
가다 말고 중간에 버린 이야기들이 너무 많아.
그 이야기들 속에 나오던 사람들은
어디로 가서 어떻게 살고 있을까?

나를 기다리는 사람들이 보여.
범인한테 붙잡힌 기찬이가 아직도 밧줄에 꽁꽁 묶여 있어.
내일이면 첫 공연인데, 얼굴을 다친 장미가 울고 있어.
얼른 써서 풀어주고, 얼른 써서 무대로 보내야 하는데.
그게 고비였다고, 일부러 의도한 상처였다고,
얼른 가서 알려줘야 하는데,
환하게 웃는 얼굴을 얼른 써줘야 하는데…
멈춰버린 대본 안에 갇혀서
나를 기다리는 사람들이 보여.

나나, 빵야를 응시한다.

나나 그러니까 너무 서운해하지 마,
너만 버려지는 게 아니니까.
너 때문이 아니야.
내가 못나서야.
미안해.

빵야 괜찮아.
언제까지 나만 붙잡고 있을 수도 없잖아?
편성될 가능성이 높은 거

로맨틱코미디 같은 거
그냥 쉬운 이야기 하나 써봐.
꼭 거창한 드라마가 아녀도 되잖아?
작은 이야기면 어때?
네 마음이 담긴 소박한 이야기 하나 써봐.

나나 밤하늘의 별이 똥 싸는 이야기?
시냇물의 물고기가 뻐끔거리는 이야기?

나나와 빵야, 잠시 웃는다.

빵야 고마웠어.
내 이야기 들어줘서 고마웠어.
많이 무서웠었어.
조금 나아졌어.
나를 봐줘서 고마웠어.
조금이나마 털어놓을 수 있어서 좋았어.

나나 …미안해.
너를 많이 아프게 했어.
그게 가장 마음에 걸려.

빵야, 나나를 안아준다.

빵야 이제 나 창고로 돌아갈래.

나나 알았어.

보내줄게.

근데, 고향에 가고 싶지 않아?

빵야 고향?

나나 나무였다고 했잖아?

백두산 압록강.

빵야 나는 고향이 되게 많아.

몰랐구나?

빵야, 장총을 든다.

쇠로 된 총열을 가리킨다.

빵야 나는 우리 집 대문이었어.

나는 마당의 펌프였어.

나는 부엌의 가마솥이었어.

아버지 삽이었어.

어머니 호미였어.

우리 교회 촛대였어.

우리 신당 쇳대였어.

간이역 기찻길이었어.

시골길 자전거였어.

대포 만들고, 총을 만들어야 하는데

철이 없으니까, 온갖 쇠붙이들을 다 끌고 왔어.

쇠붙이란 쇠붙이는 죄다 끌려왔어.

나 없으면 우리 집 누가 지키나.

나 없으면 우물물 꽁꽁 얼 텐데

나 없으면 밥은 어디에 짓나.

어서 가서 죽이라도 끓어야 하는데

예배당 촛불은 누가 지켜?

우리 막내 학교에는 뭘 타고 갈까?

나 없으면 큰일 나는데.

갑자기 끌려왔어.

영문도 모르고 끌려와서

모두 모두 총이 됐어.

너도 나도 총이 됐어

나도 그렇게 총이 됐어.

21

•

백일장
작가의 글

소품남 내년에 창고를 옮기게 됐어.
부산으로 가는데, 부지가 택도 없이 좁아.
이참에 버릴 건 좀 버리고 가야 돼.

나나, 바닥에 놓여 있는 커다란 나무 상자를 본다.

나나 창고에 빵야를 두고 옵니다.
영창 피아노 위에
세고비아 기타 옆에
잘 눕혀줬습니다.
피아노 아줌마와 기타 아저씨의
수다를 밤새 들어줄 빵야를 생각합니다.
아직도 빵야는 듣기만 할까?
무슨 이야기를 할까?

내 이야기를 어떻게 할까?
내 이야기를 할까?
교회로 갑니다.
기도하는 마음으로 소주를 따릅니다.

나나, 탁자 앞에 앉아 소주를 마신다.
빵야, 조용히 나나 앞에 앉는다.

나나 그날 그 자리에 앉아 있던 빵야와 눈이 마주칩니다.
그때 그 자리에 앉아 있던 빵야가 취한 나를 봅니다.

빵야 너는 왜 작가가 되고 싶었니?

나나 국어 선생님을 엄청 좋아했어.

빵야, 껄껄껄 웃는다.

나나 늦되고 소심하고 내성적인 애였어.
뭐 하나 잘하는 게 없는 그런 애.
〈소나기〉를 읽었는데 너무 좋았어.
소설 읽는 걸 좋아하게 됐어.
뭘 써서 발표를 하게 됐는데
선생님한테 칭찬을 받았어.

그런 기분 처음이었어.
선생님한테 계속 칭찬을 받고 싶은 거야.
백일장 대회에 나갔어.

나나, 자리에서 일어선다.

나나 중학교 3학년입니다.
5월의 어린이대공원입니다.
시제를 받았습니다.
나무입니다.
작년에 고배를 마셨던 나나는
어떻게 쓰면 상을 받을 수 있을까
1년 동안 연구를 많이 했습니다.
이 학교, 저 학교 교지에 실린
역대 수상 작품들을 분석했습니다.
주로 나오는 시제는
바다, 하늘, 단풍, 어머니, 나무.
시제별로 수상작의 패턴을 익혔습니다.
나무.
나나의 머릿속에 서너 편의 시가 떠오릅니다.
눈을 감습니다.
떠오르는 문장들 사이사이
단어 몇 개를 지웁니다.

그 빈칸에 새 단어를 채웁니다.
얽히고설키게 재조합을 합니다.
나나는 상을 받고 싶습니다.
다음 주 애국조회 시간에
전교생들이 보는 앞에서
국어 선생님의 주목을 받고 싶습니다.
돌아보면 그때부터였습니다.
나는 왜 글을 쓸까?
누구를 위해 글을 쓸까?
내가 쓰고 싶은 글을 쓰고 있는 걸까?
나나는 아직도 인정을 받고 싶습니다.

나나, 뒤를 돌아본다.

저기 저 자리에 앉아 있는 10년 후의 나를 봅니다.
그날 그 자리에 앉아 있을 20년 후의 나를 봅니다.
나는 어떤 작가인 걸까요?
나는 작가가 맞는 걸까요?
나는 작가인 걸까요?

스무살 나나의 글씨가 자막으로 떠오른다.

자막 *내가 기쁜 이야기를 하나 만들면 세상에 기쁜 일*

하나가 생겨나요.

내가 슬픈 이야기를 하나 만들면 세상에 슬픈 일

하나가 사라져요.

자막을 등지고 우두커니 서 있는 나나.

탁자 앞에 앉아 있던 빵야, 담담한 표정으로 나나를 본다.

빵야 저 말은 좀 건방져.

내가 작가라면 이렇게 말할 거야.

마흔다섯 나나의 글씨가 자막으로 떠오른다.

자막 *내가 이야기 하나를 힘들게 쓰면 힘든 사람 하나가 잠시 쉬게 될지도 몰라요.*

내가 이야기 하나를 아프게 쓰면 아픈 사람 하나가 조금은 나아질지도 몰라요.

22

•

악기들

작가의 일

소품남 막걸리 한잔 찌끌러 와.

나나 곧 창고를 옮긴다고 합니다.

소품남 한 달도 안 남았어.

나나 다행히 아직 철거 작업이 시작되기 전이었어요.

소품남 아까워도 버려야지, 어떡해?

나나 총은 어떻게 해요?

소품남 총기들은 전문 업체에 넘기기로 했어.

나나 부랴부랴 옛 남친

다큐남 다큐를 찍는 피디

나나 에게 전화를 겁니다.

다큐남 소품 창고 철거 과정을 찍기로 합니다.

서서히 조용히 음악이 흘러나오기 시작한다.

다큐남 소품들을 위한 연주회?

나나 예산은 다큐팀에서 확보합니다.

작곡녀 장총을 위한 연주곡?

나나 작곡하는 친구에게 대본을 보냅니다.

총기남 네? 총알요?

나나 총기 전문가에게 총알 한 발을 의뢰합니다.

총기남 글쎄요, 발사가 힘들 텐데요?
발사를 하더라도 총열이 부숴질 가능성이 커요.
아마 발사되는 순간에 총이 터져버릴 거예요.

나나, 숨을 몰아쉬며 관객을 본다.

나나 악기가 되고 싶은 장총!
장총이 어떻게 악기가 될까요?
무기는 악기가 될 수 있을까요?
빵야의 소원을 들어주고 싶었습니다.

나나, 장총을 든다.

나나 빵야!

빵야, 어둠 속에서 천천히 걸어 나온다.

나나 빵야의 이야기를 계속 쓸 수 있었다면
마지막 장면을 바로 이렇게 쓰려고 했습니다.

음악, 고조된다.

나나 길남아!
빵야 살구야!
나나 선녀야!
빵야 무근아!
나나 원교야!
빵야 아미야!
나나 설화야!

음악, 더욱 고조된다.

나나 인물들이 살아나서 오케스트라를 만듭니다.
악기를 하나씩 들고 연주를 시작합니다.
길남이는 하모니카.
빵야 살구는 비올라.
나나 선녀는 첼로.
빵야 무근이는 바순.
나나 원교는 바이올린.
빵야 아미는 피아노.

나나 설화는 흐른.

음악, 조용하게 흐른다.

빵야 나는?

나나 너는 그대로 총!

빵야, 나나를 본다.

나나, 빵야에게 윙크를 한다.

나나 장총을 오케스트라의 악기로 만들고 싶었습니다.
총소리가 오케스트라의 음악이 되게 만들고 싶었습니다.
악기가 되고 싶은 장총의 꿈을 이뤄주고 싶었습니다.
제 24부, 마지막 장면.
오케스트라의 인물들, 모두 장총을 든다.
연주곡, 가장 아름다운 포인트를 향해 달려간다.
인물들, 밤하늘을 향해 장총을 겨눈다.

나나, 빵야에게 장총을 건넨다.

빵야, 장총을 들고 하늘을 향해 겨눈다.

나나 총이 악기가 됩니다.
총소리가 음악이 됩니다.
장총이 마지막 한 발을 쏩니다.
빵야!

빵야 쾅!

조심스럽게 이어지던 음악,
총소리를 기점으로 절정을 향해 나아간다.

나나 총소리와 함께 잠시 멈추는 연주곡,
다시 힘차게 이어질 때
드라마, 엔딩!

나나, 기쁨으로 슬픔을 누르며, 환하게 웃는 얼굴로 빵야를 본다.

나나 안녕.
빵야.

막

작가 후기

•

오래전부터 사람이 아닌 사물이 끌고 가는 이야기를 만들고 싶었다. 어느 날 문득, '금속'을 주인공으로 이야기를 써보고 싶다는 생각이 들었다.

'세계사의 흐름을 금속의 변화와 여정을 통해 짚어보자.' 그리스 시대의 동상이 녹여져 전투에 쓰이는 칼이 되고, 그 칼이 다시 녹여져 말의 편자가 됐다가, 금속활자가 됐다가, 범선 바닥의 피막이 됐다가, 중국의 범종이 됐다가, 제1차 세계대전의 탄피가 됐다가, 동전이 됐다가, 숟가락도 됐다가…. 변형을 거듭하는 금속의 일생을 통해서 어떤 이야기를 만들고 싶었다. 그런데 자료조사를 하면 할수록 감당하기 힘든 작업이라는 생각이 들었다.

작업을 거의 포기하고 있었을 때 뉴욕에서 두 달 정도 지내게 됐다. 센트럴파크를 걸어서 메트로폴리탄 박물관에 가는 일이 즐거웠다. 악기 전시관과 무기 전시관이 가깝게 붙어 있었다. 다양한 악기들을 보고 난 후 온갖 무기들을 보고 있으면 기분이 묘했다.

하루는, 기다란 장총 한 자루를 보고 있는데 '금속의 연대기' 대신에 '총의 연대기'를 쓰면 어떨까 싶었다. 한국으로 돌아와, 이야기를 끌고 갈 총을 찾아 취재를 시작했다. 그러던 중에 제2차 세계대전 막바지 일본군의 주력 소총이었던 '아리사카 99식 소총'의 정체를 알게 되었다.

처음에는 제목을 '트리거'로 정하고 작업을 시작했다.

그런데 작업에 너무 경직된 힘이 들어가 진전이 버거웠다. 제목부터 좀 경쾌하게 바꿔보자고 생각하다가 어렸을 때 장난감 총을 가지고 "빵야! 빵야!" 하면서 전쟁놀이했던 장면이 떠올랐다.

내가 뛰놀던 동네가 한국전쟁 시기에 참혹한 학살이 일어났던 곳이라 새삼 아이러니하게 느껴졌다. 99식 소총의 이름을 '빵야'라고 붙여주고 제목을 소총의 이름으로 가자고 마음먹게 됐다. 경쾌한 느낌이 드는 어감을 살리면서도 전쟁과 놀이가 겹치는 이중적 의미도 담을 수 있겠다는 생각이 들었다.

한국 현대사의 비극을 연대기적으로 방대하게 다룬 작품이라 비극적 역사 속 인물들의 아픔을 되새기는 것도 중요한 메시지이지만, 《빵야》에서 내가 가장 중점을 두고 전달

하고 싶었던 메시지는 '무엇을 꿈꾸다 실패했을 때, 그 이후에 우리는 어떻게 살아가야 할까?'이다.

좌절과 상처를 어떻게 극복할 수 있을까.

무엇을 믿고 다시 일어설 수 있을까.

어떻게 다시 용기를 얻을 수 있을까.

'드라마를 끝까지 쓰고 싶은 나나'와 '악기가 되고 싶은 빵야'의 도전과 실패, 그리고 다시 일어서는 과정을 통해서 일단 나부터 위로받고 싶었던 것 같다.

길남이와 살구, 선녀의 바위 전설, 무근의 어머니 사탕 장면, 꽃나무 담 장면 등 울고 웃으며 쓴 대목이 많지만 내가 참 좋아하는 대목은 '기도하는 마음으로 소주를 마시는 교회', 양평해장국 장면이다.

대본을 쓸 때 잘 풀리지 않는 날이면 혜화로터리에 있는 양평해장국에 가서 소주 한잔 기울이며 많은 생각들을 했다. 지독한 슬럼프에 빠져 있던 날, 얼큰 해장국에 한잔 기울이고 있는데 저기 저 자리에 혼자 앉아서 한숨을 쉬고 있는 몇 년 전의 내 뒷모습이 아른거렸다. 순간, '아, 지금 이 순간의 느낌을 대본에 담자' 마음먹었다.

초연을 보면서 해장국집 장면이 나올 때 그때 생각이 나 울컥했다. 위로받는 느낌이 들어 마음이 따뜻해졌다. (공연이 끝난 직후, 혜화로터리의 양평해장국이 문을 닫았다. 불행 중 다행으로 폐업 직전에 사장님을 만나 인사를 나눌 수 있었다. 꼭 재개

업을 해서 나의 교회가 사라지지 않기를 간절히 바란다.)

가장 아끼는 장면을 딱 하나만 꼽으라고 한다면, 마지막 장면이다. 빵야가 총의 주인이었던 인물들과 마지막 인사를 나누고 있을 때, 나나가 빵야의 꿈을 이뤄주기 위해서 어려운 결단을 실행에 옮기는 순간이다. 보고 있으면 말로는 정리하기 힘든 벅찬 감정이 밀려온다.

극 속의 나나처럼 나에게도 중간에 멈춘 대본이 많다. 멈춰버린 대본 안에 갇혀서 나를 기다리고 있는 수많은 등장인물들을 생각하면 마음이 아프다. 그들에게 진심으로 용서를 빈다. 미안합니다.

부록

•

99식 소총의 알려진 이력_세상에 나온 300만 자루

명칭 아리사카✦ 99식 소총九九式小銃✦✦

종류 라이플, 볼트액션 소총

총열 내부에 강선✦✦✦을 사용해 명중률이 대폭 상승.

이전 단계의 '머스킷'은 전장식, '라이플'은 후미장전식.

장전 속도와 장전 자세 업그레이드(엎드려서도 장전이 용이).

노리쇠(볼트)를 당김으로써 탄피의 배출·장전을 수동으로 하

✦ 제1, 2차 세계대전 일본군의 주력 소총 시리즈. 육군 포병 공창에 소속된 아리사카 나리아키라가 개발. 30식, 38식, 44식, 99식 등이 있다. 30식은 메이지 30년(1897년), 38식은 메이지 38년(1905년), 99식은 쇼와 14년(1939)에 탄생. 99식이 14식이 아닌 이유는 1939년이 초대 덴노 진무를 기준으로 한 황기 2599년이기 때문.

✦✦ 더 정확히 말하면, 99식 소총의 개량형인 99식 단소총.

✦✦✦ 총신 안쪽 탄환이 지나는 구멍 둘레 벽에 새겨진 나선 모양의 선. 발사된 탄환에 회전을 가하기 위한 것.

는 장전 방식으로 구조가 단순하고 총 자체 내구성 매우 좋음. 보병 전투에 적합.

생산국 일본제국(도쿄, 나고야, 만주 심양, 조선 인천 등)

개발 연도 1939년

생산 연도 1941년~1945년

생산 수 최소 250만 정에서 최대 350만 정

사용 연도 1941년~1960년대 후반

사용 국가 일본제국, 만주국, 전후 일본, 중국(중공), 인도네시아, 남한, 북한, (북)베트남

사용된 전쟁 제2차 세계대전(중일전쟁, 태평양전쟁), 인도네시아 독립전쟁, 인도차이나전쟁, 국공내전, 한국전쟁, 베트남전쟁

재질 총대_졸참나무, 총열_합금강(강철+텅스텐), 멜빵_피혁

중량 3.8kg

길이 1,118mm

구경 7.7mm

탄약 7.7 x 58

급탄 5발 내부 탄창(탄창이 총열 중간 윗부분에 위치)

탄속 초속 730m(시속 2628km)

유효사거리 500m

최대사거리 3,400m

내구력 8000발 사격 가능

99식 소총의 내밀한 이력_〈빵야〉의 주인공이 된, 그 한 자루

'빵야'를 이루는 신체 성분 : 졸참나무 총대+합금강 총열

졸참나무 총대의 이력

탄생 백두산 기슭, 압록강변✦의 혼합림지대에서 1902년 가을, 종자가 발아해 뿌리를 내리고 싹을 틔움.

성장 1903년 봄부터 무럭무럭 자라기 시작.

1910년 9세 봄에 첫 꽃을 피우고 그해 가을, 첫 열매(도토리)를 맺음. 1931년 30세에 완연한 성목이 됨(키 23미터, 둘레 1미터).

생활 주변의 나무 친구들(갈참나무, 신갈나무, 떡갈나무)과 평화롭게 잘 지냄. 바람과 밤하늘의 별자리를 특히 좋아함.

'암수 한 그루'로 봄에 꽃을 피우고 가을에는 무수한 도토리를 낳아 멧돼지, 청설모, 다람쥐에게 먹이를 제공.

사망 1944년 43세 여름, 혜산진 영림서✦✦ 소속의 산판꾼들에 의해 벌채.

강제 동원 몸통이 네 등분으로 잘려 마루타(통나무)가 된 후 궤도차와 트럭에 실려 압록강변 떼무이터(통나무 집하장)로 이동. 여러 통나무와 함께 타리개(나뭇가지로 만든 줄)에 떼로 묶임.

뗏목이 되어 강물을 따라 압록강 하류 신의주 제재 공장에 도착, 군수용 목재로 잘림. 화물선에 실려 인천항으로 출발.

✦ 함경남도 혜산

✦✦ 조선총독부 산림부 직속 기관. 1941년부터 군수용 목재 조달에 집중.

1945년 1월, 인천조병창✦ 목재 창고에 도착.

1945년 2월 15일, 조병창 제2공장 목형 공장에서 총대로 깎임.

조병창 제3공장 병기 공장에서 총열과 결합.

1945년 2월 19일, '빵야'의 총대가 됨.

<u>**합금강 총열의 이력**</u>

강제 동원 인천으로 강제 동원.

1942년 9월, 일제는 전국에 금속회수령을 공표.

태평양전쟁이 절정에 달하자 군수품 조달 부족을 해결하기 위한 조치.

미국산 쇠 부스러기(설철) 수입마저 단절되자 큰 타격을 입은 일제는 철과 비철을 가리지 않고 동상, 철로✦✦, 교문, 간판, 가로등, 호미, 쟁기, 가마솥, 놋그릇, 수저, 촛대는 물론, 징, 꽹과리, 사찰과 교회의 종, 반지와 요강까지 전국 방방곡곡에서 쇠붙이란 쇠붙이는 죄다 끌어모음.

심지어 박물관 소장품인 금속 무기류 조선 유물 1610점도.

공출된 쇠붙이는 인천조병창과 미쓰비시제강 인천제작✦✦✦ 사이의 공터에도 산더미처럼 쌓임.

✦ 1939년 건설. 정식 명칭은 인천조병창 제1제조소. 조병창 부지는 현재 부평미군기지(캠프마켓). 1945년 해방 당시 제3공장장이던 채병덕(오시마 헤이토쿠)이 1948년 초대 국방부 참모총장으로 부임. 한국전쟁 발발 시에는 육군참모총장.

✦✦ 경북선, 안성선처럼 운송량이 적은 선로의 일부를 폐쇄시켜 뜯었다.

✦✦✦ 부평조병창(현 미군기지) 바로 옆에 있었다. 현 부평공원 자리.

끌려온 철제품들은 제강 공장 분쇄기에서 부스러진 후 용해로에서 녹여짐. 강철이나 합금으로 재생되어 다양한 무기의 재료가 됨.
1945년 2월 8일, 장차 '빵야'의 총열이 될 소총용 합금괴 제작.
1945년 2월 14일, 합금괴는 인천조병창 제1공장 주물 공장에서 다시 녹여지고, 총열 형틀 안에서 굳어짐. 이후 잘리고 뚫리고 깎여 제3공장 병기 공장에서 총대와 결합되어 1945년 2월 19일, '빵야'의 총열이 됨.

합금괴의 전생

'빵야'의 총열이 된 합금괴는 조병창으로 끌려오기 전에는 무엇이었을까? 어떤 모습이었을까? 그의 전생이 다양하다.
철광석, 철로, 대문, 작두 펌프, 가마솥, 삽, 호미, 촛대, 쇳대, 포신, 자전거 바퀴. 그들의 전부거나 일부였던 총 11종의 철물이 모여 총열의 성분을 이루고 있음.
'빵야'의 몸에 찍힌 자국 ❀ メ 7 7 0 2 0 ✡

총열 옆에 찍힌 자국

생산번호 40의 비표 メ(가타카나 중 하나로 '메'라 읽는다.)

일련번호 7 7 0 2 0

진센(인천) 조병창 마크 ✡

총열 위에 찍힌 자국

일본 황실 국화 문장 ❀

99식 소총 '빵야'의 연대기

1945년 2월 19일, 인천. 일본육군 인천조병창(부평조병창) 제3공장에서 탄생. 군수 열차에 실려 만주로 운송.

1945년 3월, 중국 요녕성 선양. 일본 관동군 **조선인 장교 기무라(박만대)의 총**이 됨. → **조선인 병사 남길남의 총**이 되었다가 탈영병 길남, 기무라에게 살해당함. 길남의 시신 옆에 놓인 총을 팔로군 병사가 발견. → **팔로군 여전사 강선녀의 총**이 됨.

1945년 6월, 중국 하북성 밀운✦. 선녀의 총이 되어 일본군과의 전투에서 승승장구.

1945년 8월, 중국 북경✦✦. 선녀, 해방 직후 팔로군 이탈. 광복군에 입대. 3지대✦✦✦에 편입. 전장을 떠나 고향에 가고자 중국 내전에서는 이탈. 신분 세탁을 위해 광복군에 입대한 일본군 출신 기무라를 보며 분노.

1946년 5월, 중국 천진. 선녀, 3지대 대원들과 함께 미군수송선 타고 부산항으로 출발. 과거에 동지를 처형했던 만주군 출신 기무라를 죽이려는 계획. 그러나 광복군 무기류에 대한 미

✦ 북경 북동쪽 외곽의 밀운 현.
✦✦ 당시 '북평'
✦✦✦ 해방 직후 북경에는 독립군 출신, 팔로군 출신 등 400여 명의 조선 청년들이 집결. 임시정부는 일본군과 만주군을 탈영한 조선인들에게도 임시 거처를 마련해주었다. 그리고 이들을 광복군 3지대장 김학규의 휘하로 편입시켰다. 만주군 중위였던 박정희가 1대대 2중대장을 맡게 된다.

군의 선상 무장해제로 계획이 수포로 돌아감. 선녀, 기무라에게 살해당함.

1946년 5월, 부산. 미군의 압수 무기가 되어 부산항 군수기지에 보관.

1947년 3월, 제주 모슬포. 조선경비대✦ 9연대✦✦가 창설된 모슬포에 도착. → **제주 출신의 신병 양무근의 총**이 됨.✦✦✦

1948년 5월, 제주 한라산. 4·3 이후 좌우의 대립이 극으로 치달아감. 무근, 9연대 사병 42명과 탈영 후 산간지대에 은신.

1948년 12월, 제주 별도봉. 무근, 오름 굴헝에서 토벌대에게 발각 후 총살. → **신의주 출신 서북청년단✦✦✦✦ 막내 방신출(16)의 총**이 됨. 이후 곤을마을 학살 등에 동원, 맹활약. 신출, 대한청년단✦✦✦✦✦ 청년방위대 합류 위해 지리산으로 떠남.

✦ 1946년 1월 미군정 산하 남조선국방경비대로 창설, 1946년 6월 조선경비대로 명칭 변경. 1948년 8월 15일에 대한민국 육군으로 개편.
✦✦ 1946년 11월에 창설. 1947년 3월부터 제주도내 청년들 대상으로 모병. 1948년 4월까지 500명 충원.
✦✦✦ 미군정은 국내 치안을 전적으로 경찰에 맡겼다. M1이나 카빈소총 등 신식 장비는 경찰에 우선적으로 보급. 조선경비대에는 99식 소총을 지급. 1948년 중반 미국이 자국산 화기를 제공하기 전까지 미군정은 6만 정의 일제 소총과 정당 탄약 15발을 경비대에 제공.
✦✦✦✦ 1946년 11월 월남자 단체가 통합 조직된 극우반공주의 단체.
✦✦✦✦✦ 1948년 12월 서북청년단, 대동청년단 등 20여 개 우익 단체가 하나로 통합되어 결성된 단체. 이승만 정권이 여순사건 이후 남한 내 확실한 반공 세력인 청년 단체들을 통합하여 군경 보조 역할을 맡기기 위해 설치한 준군사단체. 1949년 11월 정부 주도로 창설되는 군사 조직 청년방위대의 모체.

1950년 5월, 지리산 가막골. 신출, 빨치산(구빨치) 토벌작전에 투입. 빨치산 사냥에 혁혁한 전과를 올림.

1950년 9월, 낙동강. 한국전쟁 발발 후 종양, 낙동강 전선에 배치. 신출, 다부동 전선에서 인민군 포격에 폭사. → **국군 학도병 이원교(15)의 총**이 됨.

1950년 10월, 평양. 평양 전투 이후 원교의 소속 부대, 평양에 배치. 중공군 개입으로 삼팔선 이남으로 후퇴.

1951년 1월, 서울 외곽. 원교, 포격에 부상. 후퇴 대열에서 낙오. 폐교에 은신 중 발각, 사살됨. **인민의용군✦ 조아미의 총**이 됨.

1951년 2월, 소백산맥. 아미, 조선인민유격대 6지대✦✦ 소속으로 중공군 공세 전선 따라 이동. 후방 유격전에 투입되다 중공군 후퇴하자 소백산맥을 따라 남하. 이현상이 이끄는 남부군에 합류, 지리산으로 이동.

1952년 11월, 지리산 뱀사골. 아미, 토벌 작전에 투입된 보아라 부대✦✦✦ 소속 옛 동지에게 사살됨. → **보아라 부대원 반동식의 총**이 됨.

1953년 12월, 지리산 피아골. 동식, 빨치산 복장과 장비를 착

✦ 한국전쟁 당시 북한의 전시동원령에 따라 정규군을 지원하기 위해 조직된 군대.

✦✦ 남한 출신의 의용군을 중심으로 1950년 9월에 편성된 인민군 유격대.

✦✦✦ 귀순 빨치산들로 구성된 특수부대. 1951년 10월 지리산 지구 전투경찰사령부에 특별히 설치되었다.

용하고 토벌 작전 수행. 항미소년돌격대✦ 소속 소녀 빨치산 지설화(13)에게 사살. → **소년돌격대 지설화의 총**이 됨.

1954년 5월, 지리산 토끼봉. 빨치산, 대부분이 토벌대에 섬멸됨. 비트에 홀로 남은 설화, 4개월을 홀로 버티다 자신의 '소총'으로 자살.

1956년 7월, 지리산 토끼봉. 심마니 천삼랑, 막이의 백골과 총, 남은 탄환을 발견.→ **심마니 천삼랑의 총**이 됨.

1957년 5월, 남원. 삼랑, 사냥꾼 백대식에게 총을 넘김. 당시 쌀 한 가마니 가격인 2만 환에 판매. → **사냥꾼 백대식의 총**이 됨.

1960년대 호남 일대. 대식의 야생동물 사냥에 이용. 죽은 짐승을 박제업자, 약재상, 건강원, 음식점 등에 판매.

1970년대 울산 동해. 대식의 아들, 백경호 출소 후 포경선 선원이 됨. → **포경꾼 백경호의 총**이 됨. 경호의 고래사냥에 이용.

1980년대 대구. 경호, 도박판에서 판돈 대신 내놓음. → **건설업자 이종득의 총**이 됨.

서울. 1980년대. 종득, 건설업체 회장인 박만대(기무라)에게 로비용으로 선물. 만주군 출신 박만대의 마음을 얻어 하청받음. → **건설사 회장 박만대의 총**이 됨.

1990년대 양평. 만대의 별장 장식장에 진열된 총. 영화 제작자

✦ 전남도당 소속으로 1953년 8월 8일 편성. '88부대'가 정식 명칭. 9·28 이후, 입산한 빨치산의 자녀들이 많았다(1948년 여순사건 당시 오빠가 청년단에게 죽어 복수하겠다고 13세에 입산한 소녀 최달순은 1954년, 19세의 나이로 소년돌격대의 마지막 대장이 된다).

인 만대의 아들 박재용에게 발탁. 전쟁 영화에 주인공의 소품으로 투입. 이후 태평양전쟁, 한국전쟁, 베트남전쟁을 다룬 영화와 드라마에 출연. → **인기 스타부터 엑스트라까지 다양한 배우들의 총**이 됨.

2000년대 남양주 촬영센터. 재용의 영화사 파산. → **소품 납품업자 백진철의 총**이 됨. 이후 드라마와 영화는 물론 뮤직비디오, 연극, 뮤지컬 등 온갖 '전쟁 이야기'에 마구잡이로 동원. 심지어 미국 카우보이와 5·18 시민군의 총으로도 출연.

2010년대 파주 소품 창고. 대규모 뮤지컬 〈영원한 전쟁〉 방송국 소품팀 실수로 '중간에 뜬' 소품이 되어 파주 영화 소품 창고로 오게 됨. → **소품 창고 사장 노순남의 총**이 됨. 소품실 구석 악기 선반 꼭대기에 배치. 소품 목록에도 누락. 방치된 상태로 놓여 있다가 → **드라마 작가 나나에게 발견**!

빵야

1판 1쇄 펴냄 2023년 11월 20일
1판 2쇄 펴냄 2023년 12월 20일

지은이 김은성
펴낸이 안지미
그린이 최정우
CD Nyhavn

펴낸곳 (주)알마
출판등록 2006년 6월 22일 제2013-000266호
주소 04056 서울시 마포구 신촌로4길 5-13, 3층
전화 02.324.3800 판매 02.324.7863 편집
전송 02.324.1144

전자우편 alma@almabook.by-works.com
페이스북 /almabooks
트위터 @alma_books
인스타그램 @alma_books

ISBN 979-11-5992-393-7 04800
ISBN 979-11-5992-244-2 (세트)

이 도서는 2023년도 한국문화예술위원회 아르코문학창작기금 발간지원 사업에 선정되어 발간되었습니다.

알마출판사는 다양한 장르간 협업을 통해 실험적이고 아름다운 책을 펴냅니다.
삶과 세계의 통로, 책book으로 구석구석nook을 잇겠습니다.